原野を走る天使と悪魔

伊東昭義

目　次

はじめに

　美と真理を求めて生涯を生き抜いた一人の人間がいた。待ち受けていたのは不毛の地であり原野であった。戦前、戦後から現代に至るまで、人間の住む社会の仕組みやその在り方を含め、不安や恐怖や混乱が吹き荒ぶ大地が広がっていたのだ。本書は、その大地に一筋の光を求め、天使と悪魔と共に駆け抜けた人間の物語である。

　現代社会を生きる人々は、僅か十パーセント程の歴史的・社会的情報の中で暮らすことを強いられた。真の情報は戦後の経済優先社会の闇の中に埋没して行った。

　物質文明は行き詰まりを見せ、エネルギーの使い方の過ちが追い打ちをかけた。その複雑で険しい世の中と対峙し、思想と行動を自然観で統一して懸命に生きて行くと、壮大な海中世界と遭遇することになった。そこには生命の本質や「美の真実」が存在していた。その美とは宇宙であり、秩序のことであり、愛であり知性だったのだ。

第一章　原野に立つ少年

極寒の地

果てしなく続く広大な原野に佇み遙か彼方の地平線を見つめる一人の少年がいた。その名を森本謙治と言う。

ここは旧満州（現・中国東北地方）のスイヨウと言う町で極寒の地であった。小さな町から一歩出ると、そこには見渡す限りの原野が広がっていた。六歳までの幼少期を過ごした謙治。その大地の果てには現実と幻想が渦巻く世界が待ち受けていたのだ。

春夏は短く記憶の大半を占めるのは極寒のイメージだった。家にはオンドルと言って赤土で固められた床の上に「ゴザ」がしかれ、床下は空洞になっていて石炭が焚かれていた。だから家の中では快適に過ごすことが出来た。

だが一歩外に出ると吐く息が眉毛を凍らせるほどで、話し声までも凍らせてしまいそうだった。コートの上には更に毛皮コートを着て、手袋も二重に着けていた。何せ気温が零下四十度から五十度にまで達するのだ。母が毎日『謙治これを食べなさい』と差し出したのはマムシの干物一切れとニンニク一粒を火で炙ったものだった。嫌々食べていたが血流を促す寒さ対策だったようだ。大きな河も一面に凍って子供の遊び場になっていた。母が『これで遊んで来なさい！』と差し出したのは木製のソリで、ソリの下には鉄製の帯が施されていた。そのソリに乗り、先がとんがった金具の付いた二本の棒を両手で握り氷面を蹴って推進力を得る飽きの来ない遊びだった。

時には、そのソリを近くの丘の上に持って行き、氷で覆われた斜面を猛スピードで滑り降りた。坂を降り切ったと思った瞬間、目の前に大きな穴が現れ、その中に真っ逆さまに突入した。実は、そこは牛か豚の骨の廃棄場だったのだ。投げ出された謙治はもがくように穴から出ようとするが、乾燥した骨が「ガラガラ」と足にまとわり付いて中々出られずホラー映画のような思いをした。

その無茶な冒険心と大地の記憶は、謙治の思想や行動の原点となったようだ。ソリで遊んだ河が短い夏を迎えると、河幅の広い対岸がモヤに包まれて見えなかったので、謙治はそこを海だと思って泳いでいた。その広大な満州の地は謙治の人生の未来を築いて行くことになった。

ザリガニの小川

小学校は小高い山の上にあった。近所の友達と姉の節子の三人で通っていた。坂道を登り学校まで歩くのだが、その坂道から見渡す景色も果てしなく続く原野だった。坂道の脇には小川が流れていて、細い丸太を数本並べた橋が架けられていた。その不安定な橋をバランスを取りながら「おっかなびっくり」渡るのが登下校時の唯一の楽しみだった。幼少期はそんな単純な遊びが大好きなのだ。三人はケタケタと笑いながら暫し遊んでから学校に向かっていた。

帰り道も必ずその丸木橋を渡って遊んでいた。ちょっとした冒険心をくすぐることと、平衡感覚を鍛えることは、人間とし生きぬくための重要な基盤になることを、子供達は本能的に知っているからだ。つまり、子供達が自ら進んで楽しく遊ぶのは、それらが将来の自己形成に不可欠だからである。

学校での体育の時間では、木製のライフル銃（銃剣付きの長さのもの）を持たされ突きの練習をさせられた。またある時は、鉄の鋳物で出来た手榴弾を砲丸投げと称して投げさせられていた。子供には意味が解からず戸惑っていたが正に軍国教育だったのだ。学校の帰り道には、例の小川の丸木橋を渡り、その透き通った小川でザリガニを捕まえ、空になった弁当箱に詰めて持ち帰った。母に『これ料理して！』と差し出したら『食べたら鼻血が出るから駄目！』と断られてがっかりしていた。

家の近くの路上でも、中国人が玉砂利の入った鉄鍋にザリガニを入れ焼いて売っていることを知っていたから尚更だった。焼栗ではなく「焼ザリガニ」だった。真っ赤に焼き上がったザリガニはとても美味しそうだった。路上においても『あれ食べたい！』とせがんだが、母の答えはいつも『鼻血が出るから駄目！』の決まり文句だった。

食べ物と言えば母の作る水餃子がめっぽう美味しかった。肉厚で大きく具も沢山入っていた。中国人が町で売っていた焼き餃子も長さが十センチ程もあり、やはり肉厚で具沢山だった。日本に帰国して食べた餃子との違いには驚かされたが、人間は最初に出会ったことが事実になるので、それがまた人生において厄介なことにもなるのだ。

オモチャの刀

謙治は日本最後の軍国少年だった。戦前の国民学校と言われた時代の最後の一年生である。朝礼では教育勅語の朗読があったが、意味不明で大人になって初めて知ることになる。天皇陛下に忠誠を誓うと言う内容だったらしい。

七五三の時の衣装は、当時の日本軍の将校を模した軍服で腰にはオモチャの軍刀を下げた出立ちだった。刀で思い出すのは、近所に刀研ぎ師の家があり、奥様の上村さんに『この刀を研いで下さい』と差し出したら、苦笑いをされたことを思い出す。その上村さんとは、後に謙治の運命を左右する壮絶な事態を迎えることになるのだ。

父信治はいわゆる軍属と言われた軍隊の御用商人で、在郷軍人と言われる民兵組織の隊長でもあった。時には、将校と同じ軍服を着ていて腰には軍刀と拳銃を携えていた。なので、道で会う兵士は立ち止まって父に対して敬礼をしていた。父は『謙治、大きくなったら何になるんだ』と問い『兵隊さん』と答えていた。そのように答えるように教育されていた。相手の兵士も満足そうなニコニコ顔だった。他人から『大きくなったら何になるの？』と問われた場合、男子は『兵隊さん』女子は『お嫁さん』と言わされた時代だったのだ。

父信治は九州の生まれで『俺の祖先は熊本城城主の楠木正成の家臣で、人吉城の家老だったんだ』『その名を、森本日向守正常……と言い武士の系譜を継でいるんだ』が、口癖だった。

そんな家系に在って父信治は当時は最先端テクノロジーであった写真を手がけていた。しかし、周囲からは写真を撮られると魂を抜かれると恐れられていた時代で、封建的な家系では更に異端児扱いされることになったらしい。

父は一念発起して上京を決意したという。それも自転車での旅だった。上京後の父は念願の大手新聞社のカメラマンになっていた。『俺は馬に乗って取材してたんだ。馬の上に立つと、その馬はピクリとも動かなかったんだ』『だから撮影は他社のカメラマンより有利だったんだよ』とか『腕に社名入りの腕章をしていれば皇居への出入りはフリーパスだったんだ』とも自慢げによく語っていたことを思い出す。

新天地を目指して

謙治にとって父の存在は大きかった。成人した時に父の遺伝子をそっくり受け継いでいたからだ。そのことを自覚するまでには、かなりの時間を要したようだ。

新聞社のカメラマン以後の父は「森本商会」なる事業を起こしたらしいが、その詳細は不明である。競馬の馬主になった話や賭け事などの話を聞かされた。『掛け金は勝っても負けても決まった金額しか使わなかったよ』と、ある程度の金額を示していたので、事業は成功していたらしい。

やがてロールスロイスを手に入れ事業拡張を目指して大阪に飛んでいる。父に『免許はどうしたの?』と訪ねると『買った人が乗って良かったんだよ』『但し、整備は全て自分でやらないと駄目だったけどね』と語っていた。

大阪では、母となる良子との出逢いのきっかけとなった人物がいた。母の弟の山田浩二である。彼の誘いでロールスロイスを走らせ金沢に向かうことになった。到着した金沢では常に人だかりが出来たという。それもその筈で、車は県知事の車一台と父のロールスロイスのみだったからだ。やがて結婚した父は、当時の様子を『二人で道を歩いていると周りの人達が振り返って見るんだよ』と語っていた。母はかなりの美人だったのだ。今でも、謙治の部屋に結婚当時の写真を大きくして飾ってあるが、来宅者は口を揃えて『女優さんみたい！』を口にするから本当だったようだ。

母の実家は、浅野川大橋を渡った角地に五宝館と言う木造三階建ての老舗の旅館を経営していた。父は、その橋の対岸の角地に同じく木造三階建ての白塗りの「森本写真館」を建てていた。当時は、木造の三階建ては珍しく威風堂々たるものだったようだ。

その後、金沢の第七連隊と言う軍隊から、一個小隊（三十〜六十人）や騎馬隊を一同に写真に収めて欲しいと依頼される。そのために小学校（廃校）を買い取り講堂を巨大なスタジオに作り替えたという。

時を経て、第七連隊の旧満州行きが決まると、父の経歴や対応力をかわれ同行を求められた。父は、自己の冒険心や探究心にも後押しされ、いわゆる軍属として、新天地に希望を抱いて旅立つことになったのである。

原野の開拓

父信治が旧満州に渡る際、ロールスロイスに代わって、今度はハーレーダビットソンを三台持ち込んだという。船からの荷上げ作業時に誤って二台を海に落とされ、辛うじて一台だけ無事だったそうである。

父は、地平線まで続く原野の一本道を、時速百キロオーバーで疾走したという。その時のことを『タイヤが地面から十センチほど浮いて走っている感じだったよ』と言い、さらには『道の先に黒い点のように見える人影を発見したら徐々にスピードを落としたんだ』とも語っていた。冒険の始まりだ。

軍からの最初の依頼は土木建築だった。つまり広大な原野に新しい道路を作ることである。その行手に河があれば必然的に橋を架けねばならない。それも戦車が通れる位の堅固なものでなくてはならない。父はいつも新しい仕事には独学で創造力を働かせ挑戦することに意欲を燃やすタイプだった。スイヨウの住居の隣には、飯場と言う大きな施設があり、五十人ほどのクーリーと呼ばれる中国人の作業員が寝起きをしていた。

その建物から何時もトウモロコシの焼ける香ばしい匂いがしていた。謙治はその匂いに誘われ、恐る恐る飯場に入ると大きな鉄鍋でトウモロコシのパンを焼いていた。『坊や食べるかい』と言って差し出されたパンはとても美味かった。謙治はそのパンの味の魅力に惹かれ時折通っていた。作業員の人達は皆優しかった。

父の次なる仕事は、軍に納める和菓子作りの工場だった。謙治は父が持ち帰るお菓子の食べ過ぎからか、急性腸炎を起こし急遽入院することになった。医師からは『今晩が峠ですね』と告げられ父母は寝ずの看病をしたらしい。翌朝になり命を繋いでいた私を見た父は、抱き上げて『謙治！　謙治！』と言って涙をポロポロ流したと語っていた。今考えるとウイルス性の感染症だったのかも知れない。

和菓子工場の次の依頼は兵士達のための慰問施設つくりだった。当時は「カフエ」と呼ばれ、今で言う銀座のクラブの様なもので、ロシア人のホステスだけを集めたという。極東のパリと言われた「ハルビン」には、洋風の建物が立ち並んでいて、市内にはロシア人が多く住んで居たという。

第二章

地獄絵巻

脱　出

『森本君学校行こう！』と、近所のいつもの友達が誘いに来た。『今行くからねー』と返事をしたその時、猛烈な爆音と共に扉の開いた玄関の先が真っ赤に燃えていた。焼夷弾が炸裂したのだ。

後に知ったことだが、焼夷弾が落とされたのは、第二次世界大戦末期の一九四五年八月八日ソ連が対日宣戦布告をし、翌九日に百五十万のソ連軍が満州に侵攻したのだ。戦争と言う巨大な悲しみが押し寄せて来た。直ちに所定の防空壕への避難命令が出て、あわてた家族はその場にあった衣類を着て何も持ずに家を飛び出した。大きな防空壕から見たスイヨウの町は、真っ赤に燃え上がっていた。防空壕の前には既に十台程の馬車が並んでいて人々が順に乗り込んでいた。町に戻れる可能性は皆無だったのだ。

何故か私達家族は最後尾の馬車に乗った。私は一枚板で作られた荷台の最も後ろに腰掛ける様に座っていた。目の前には銃を持った軍服姿の父が無言で立っていた。馬車が動き出しても父は微動だにせずに立っていた。その姿は段々と小さくなり点になって消えて行った。今生の別れを感じて、最後尾の馬車に私達を乗せ何時迄も見続けていたのだった。父は在郷軍人と呼ばれた民兵組織の隊長として行動することになった。

暫くすると、その馬車の隊列を目がけてソ連の飛行機が『ブウオーン』と、唸り声のような無気味な爆音を響かせ低空で迫って来た。母は、『馬車から降りて！』と言い、草むらに『頭を低くして伏せて！』と必死な声で叫んだ。避難民だと判かるとその飛行機はさすがに攻撃はしなかった。

驚いたのは、中国人の御者が手綱を持って馬のお腹の下で待機していたことだ。馬の暴走を防ぐのと自己の身を守るための判断だったようだ。その行為は少年の心に深く刻み込まれていた。そんな事態を何度となく繰り返し目的地の近くまで辿り着いた。

後で気がついたのは馬車は父が手配したもので、父の仕事で使用していたものであった。御者が忠実だったのは父への最後のご奉公だったのである。

その後は徒歩で駅に向かうことになった。そこが父と御者達との約束の目的地だったようだ。その時、謙治は自分が裸足であることに初めて気がついた。

砂利道

馬車を降りた後、駅まではかなりの距離があった。駅とはいわゆる満鉄と呼ばれた満州鉄道の駅のことである。夏の炎天下に砂利道をしかも裸足で歩くのはかなり辛かった。しかし、謙治は泣き言一つ言わなかった。そのことを境にして謙治は我慢強い子に育って行ったようだ。

『お母さん！　これなーに？』と拾った万年筆を差し出すと、母は慌てて『早く捨てなさい!!』と叫んだ。万年筆のキャップを回すと爆発する仕掛けのものがばら撒かれているとの噂があったからだ。

ようやく駅に辿り着くと駅員が私の足元を見て運動シューズをくれた。今で言うスニーカーの様なものである。少々大きめだったが嬉しかった。駅員の方に『ありがとう』と言うと、ニッコリ笑ってうなずいていた。

一方、その後の父は、後で聞いた話だが、四十人程の一個小隊を指揮して行軍していたという。途中で行き先の方角について異論を唱える者が現れたそうだ。父は土木事業をしていた関係から道のりには詳しかったので『貴方が言ってる方角はソ連ですよ』と言ったものの聞く耳を持たなかったそうだ。仕方なく二手に分かれることになったという。父は『彼らはソ連の捕虜になったであろう』……と語っていた。

　行軍は戦いどころではなくロシア軍に見つからないよう身を隠すようにして、ひたすら歩き続けるしかなかったようだ。途中で戦車軍団に遭遇した時は、茂みに息を潜めて、ただただやり過ごすしかなかったという。戦車が全て通り過ぎた後、道端には轢かれて押し潰された死体がゴロゴロと横たわっていて、その死体をまたいで行進したという。

　長い道のりで靴底が破れ、足の裏がボロボロになった父は『痛くて我慢出来なかったので死体から靴を拝借したよ』と、後に悲痛な声を滲ませ語っていた。戦争とは、酷くて悲惨で愚かで人間として最も恥ずべき行為なのだ。

　私達親子は、ホームに停車していた黒塗りの窓の無い大きな引き戸を有した貨物列車内に、順に乗り込んで行った。中は暗く入り口の反対側には荷物が積まれていた。我々はその荷物の側に座った。その位置が運命を大きく決することになった。

命の盾

私達は、母は列車内に積み上げられた荷物を背に弟である吉信を抱いて座っていた。弟は二歳未満の乳幼児だった。私と姉は母の前に向き合って右に私、左側に姉が座った。

私の後ろには、例の刀研ぎ師の奥さんの上村さんが居た。上村さんは、私に『謙治君、私と背中合わせにしようね、その方が楽だからね』と言い、私は『うん』と言って応じた。その上村さんは妊っていたのだった。

しばらくは、何事もなく列車が走っていたが、突然『ブォーン』と爆音を響かせソ連機が迫って来た。その瞬間『ダダダダッ!!』と列車めがけて機銃掃射が浴びせられた。その瞬間、私の身体がフワッと軽くなってバランスを崩した。上村さんが直撃弾を受けて倒れたのだった。

上村さんは『森本さん、森本さん』と、二度母に呼びかけて息を引き取った。なんとも悲惨な運命に直面した私は大きなショックを受けた。お腹の赤ちゃんと共に二人の命が私の命の盾になってしまったのだ。その出来事は謙治の人生を変えた。

機銃掃射は何度も繰り返された。その時、姉の隣りにいた老人の男性が『ウッ』と断末魔のうめき声を上げ姉の首を掴んだ。『ギャ〜!!』と叫び声を上げる姉、首を絞める老人の手を必死でほどく母。その状態を何度か繰り返して老人は息絶えた。

その残酷で悲惨な出来事に謙治は行き場の無い思いに駆られた。大人であれば、もっと大きな衝撃を受けたに違いない。

ソ連機は列車の中に日本兵が居るのか民間人が居るかは知るよしもないだろうが、戦争とは何とも残酷で最も憂うべき事態を引き起こすものだと少年の心は深く傷付いた。

我々家族の位置が大きな荷物が積み上げられた場所だったので、荷物側からの機銃掃射を免れていた。奇跡だった。

ソ連機が弾を打ち込む際には角度があり、私達にまで届く確率が低かったとは言うものの、上村さんに銃弾が当たっていたことを考えると、胸が詰まる思いに駆られた。謙治は自分の人生に二人分の命を加えて生き続けることになった。自分達が選んだ車内の場所ではなかったものの運命を感じざるを得なかった。

悪魔の微笑み

原野を走る貨物列車には五人の日本兵が乗っていた。列車がガタンと止まると決まって飛び降り小川の水であろう水を水筒に入れ持ち帰ると『一口だけだぞおっ！　二口飲んだら殺すぞぉっ！』と叫んで手渡していて、命がけの行為であることが伝わってきた。兵士達は、一人また一人と被弾し死んで行った。その度に『包帯になるものがあったらタオルでも何でも出せっ‼』と悲痛な叫び声を上げていた。

機銃掃射の次は爆弾の投下だった。『ドカーン』という破裂音がすると列車が線路から三十センチ位跳び上がったように感じた。そんな時、積み上げられていた荷物から梅干しの瓶詰めが落ちてきた。

母は、その梅干しを一粒ずつ時間を空けて口に含ませてくれた。何も食べるものの無い中で梅干しは、私達の命を繋いでくれた。次の爆弾投下時にはコッペパンが落ちてきた。それを母がちぎって口に入れてくれた。また爆弾が落ちると、姉が『お母さん！　スカートの上にバターが落ちて来たよ』と言い、母が確かめたその時『節子、それ人の肉だよ‼』と叫んだ。姉は『ギャッ‼』と言って払いのけていた。いくら何でもパンにバターはないだろう……と修羅場の中で顔が引き攣った。

爆弾投下は絶え間なく続き、爆風と共に爆弾の破片が車内の人々を襲い、ある者は片腕が吹っ飛び『ドスーン』と落ちてくる音が聞こえた。引き戸付近に居た女性は頭を割られ血を吹き出しウメキ声を上げ倒れている姿が薄らと見えた。死臭と二酸化炭素が充満していて人々は窒息感に喘いでいた。正に生き地獄だった。『節子！　謙治！』と母は子供の名を繰り返し叫んだが、その都度『ハイッ！　ハイッ！』と返事が返って来て、母は、子供達が生きていること が不思議で仕方なかったと後に語っていた。

一人の男性が『新鮮な空気が吸いたい』と列車の引き戸を少し開けると、そこには低空飛行で飛んでいたソ連機の操縦士の顔が見えたらしく『笑っている‼』と叫んだ。その瞬間、男性は直撃弾を浴びて即死した。まさに悪魔の微笑みだった。

また、ある者は、積み重ねたタイヤの中に入り『ここなら安全だよ』と言っていたが、あえなく銃弾が貫通して死んで行った。車内の人々の半数は亡くなっていたと思う。

絶え間なく続く機銃掃射と、爆弾投下による爆風に襲われた謙治は、ただでさえ暗い車内が「突然真っ暗」になった。その時、私は「死んだ」と思った。しかしそれは、被っていた防災頭巾が爆風で後部が前向きにひっくり返っていただけだった。

防災頭巾を元の位置に戻そうと、頭巾に触れたその表面は血しぶきで「ベトベト」になっていた。車内は、さながら地獄絵巻と化していた。

日本人の優しさ

悪魔による惨劇を乗せたまま列車は原野を走っていた。

昼夜の区別も時間の判断も出来なかった。唯一、貨物列車の壁に機銃掃射による穴が無数に空いていて、光が差し込んでいれば朝から昼、光が弱くなれば夕方、光が差し込まなくなれば夜だということだった。

そうしたある夜、匪賊（略奪集団）が襲って来るという情報を得たらしく、列車は暗闇の中でエンジンを止めて停車した。その時、兵士は大声で『皆んな声を出すなぁっ‼　子供が泣いたら首を絞めろ‼』と叫んだ。その悲痛な叫びは、日本人兵士が民間人を守らなくてはならないという義務感から来るものだった。言い方を変えれば日本人は本質的に「優しかった」ということなのだ。

大戦中の「大東亜共栄圏」という大義の基で、日本の統治下にあった東南アジア諸国の人々が、現在でも日本兵のことを悪く言わないのは、日本人は世界でも稀に優しい民族だと思える。それは今日でも変わりはない。

東南アジアの人々が悪く言わないばかりか、西洋の植民地政策から解放してくれた日本人に感謝しているのが実情である。私達は少なくとも一万三千五百年続いた縄文時代にまで遡って、その歴史的観点からも誇りを取り戻す時に在ると思う。

列車は、悪夢からようやく解放されて、目的地のボタンコウ（牡丹江）に到着した。私達は、無数に転がっている死体をまたいで列車から降りた。生き残った人達は半数にも満たなかった。待ち受けていたのは中国兵で、銃を突きつけられ『男は両手上げろ！　女は片手だ！　子供は上げなくてよし！』と命令された。

その兵士達の後ろに長女の久枝が待機していてくれた。天使の姿だった。姉は「塩むすび」を用意していてくれて、その美味しさは言葉にならなかった。その後、姉の勤務先の宿舎に案内され、しばらくはそこに滞在することになった。それは、何らかの情報を得て全てを手配してくれた長女のお陰だった。姉は当地の日本人の女学校（今の女子大）を出て docomo の前身である電電公社に勤めていた。そのビルディングの三階の一室にしばらく落ち着くことになった。

第三章　動乱の街

奇跡の再会

私達母子の四人は、その後、旧満州の首都であるシンキョウ（新京）に移り住んだ。内地に引き上げる人々が集まり順番待ちをするためだ。なので生き残った人々が続々と集結していた。私達は、とある町の一階建ての長屋式の住居の一室が充てがわれた。日本政府の計らいだったようだ。

新たに集まって来た日本人には大きな集会場のある建物が用意されていた。その建物のロビーに入居者の名札が到着順に並べられていた。長女の久枝は毎日のように『父親が到着しているか見に行って来るね！』と言って出かけていた。しかし、来る日も来る日も父親の名前は見当たらなかった。

父親の方はというと、いつまで待っても探しに来ない家族を不審に思い、長女の住んでいたボタンコウ（牡丹江）に泊まっているのかも知れないと考え「ボタンコウで待ってます、森本信治」という内容の手書きの小さなポスターを作り町の電柱に貼って歩く準備をしていたが、念のためにと自分の名札を確認すると、そこには、最初から名札は無かったのだった。そのことに気づいた父は慌てて自分で書いた名札を最前列に並べた。その翌日「奇跡の再会」を果たした。姉と父は『お父さん‼』『久枝‼』と言って抱き合うと涙が溢れ止まらなかったと言っていた。父が名札を確認しなければ再会は不可能だったかも知れないのだ。何せ動乱の最中だったからだ。

家族全員、無傷で再会したものの内地への引き上げの順番は年が明けた先になるということだった。その間の生活を支えるために父は氷の卸業を始めた。倉庫の様な建物の床の下に二メートル四方の穴が掘られていてお米の籾殻がいっぱい入っていた。その籾殻をよけるといくつもの氷の塊が埋もれていた。それを取り出して何処かへ卸していたようだった。籾殻は保冷剤の役割を果たしていたようだ。

母は、日本政府が用意したものであろうか、簡易の建物（商店街のようなもの）の一店舗で細々と食堂を始めていた。食糧難の最中であり粗末な食べ物しか出せなかった。姉の久枝は、乗合バスならぬ「乗合馬車」の車掌をしていた。町は、中国兵にソ連兵が入り乱れ動乱の様相を色濃くしていた。

小さな灯り

姉の久枝は、年頃の女性だったため頭を坊主にして男性のふりをしていた。敗戦国の女性が戦勝国の兵士のターゲットになることは世の常だからだ。そこには生き抜くための切ないまでの努力の姿があった。

『お母さん大変だー』と言い、息を切らせて姉の久枝が店に駆け込んで来た。聞くところによると、姉が乗合馬車の車掌をしていたその日、前方を走っていた、同じ乗合馬車には日本人達が乗っていた。その乗客全員が中国兵に引きずり降ろされ、差し掛かっていた橋の下の河原に集められると一人ずつ銃殺された。その凄惨な現場を姉が目の当たりにしたからだった。

乗合馬車が一台ずれていれば姉の命は無かったのである。僅か一、二分の差が姉の運命を左右する出来事だった。それは、日本人に対する常軌を逸した報復であり、戦争がもたらした残虐行為そのものだった。姉は二度とその職場には戻ることがなかった。またある時は、食堂に来たソ連兵二人が姉を無理矢理連れ去ろうとした。姉が女性だとバレてしまったのだ。慌てた母は町に飛び出し、腕に赤い腕章を付けたソ連の兵士を見つけると『助けてください！　助けてください！』……と日本語でまくしたてた。赤の腕章は憲兵の印だと伝えられていたからである。

憲兵は日本語が判らないまま、ただならぬ様子を感じて店に来てくれた。状況を見定めた憲兵は、銃口を下に向け肩から吊るしていた自動小銃の先端部分を左手で前方にスライドさせると、すかさず引金に人差し指をかけた。その自動小銃はオール鉄製で黒光りしていた。憲兵は兵士達に手錠を掛けると連れ去って行った。そのことは、動乱の最中の小さな灯りだった。その光景の一部始終を見ていた謙治は、特に自動小銃の存在感に圧倒され、六歳の少年ながらも『これでは戦争に負けるな』と呟いていた。

戦争とは人間の狂気がもたらす愚行である。令和五年現在でも、ロシアとウクライナや中東での戦争が続いている。人類は未だ未熟な存在なのである。人間は、猿人以前の動物だった時代のテリトリー意識を引きずったままの状態なのだ。

食堂にて

ある日のこと、食堂に私服姿の中国兵が来た。その日は非番だということだった。その中国兵は私達に『何か欲しいものはありますか？』と、尋ねてきた。母は『出来たらお米が欲しいです』と答えた。

その数日後、中国兵は長さ六十センチ位の日本の「おひつ」を長くした形に持ち手の付いた容器を持ってきた。その蓋を開けるとご飯のお焦げが詰められていた。さらに驚いたのは、そのお焦げを取り除くと、何と布袋に入った白米が出てきたのだ。

その中国兵の名を長さんと言い日本語の出来る方だった。彼は中国軍兵舎で食事係をしているとの事だった。『残飯を処分しに行ってくるよ』と言って持ち出したらしい。「捨てる神あれば拾う神あり」とはこのことだった。

お米は、幼子である弟の吉信だけの「おかゆ」になった。有難いことだったが、おかゆだけでは充分な栄養が取れなかったので、吉信は成人してからも身体の弱い人間として人生を歩まねばならなかった。

その後も長さんは何度となくお米を届けてくれたが、弟以外はお米を口にすることは出来なかった。私達の食事はというと、コウリャンという紫色をした稲科のキビのような穀物で、肥沃な土地以外でも良く育つという粗末な食べ物だった。そのコウリャンを炊き塩で炒めただけの食事を摂っていた。バサついていて決して美味しいものではなかったが無いよりましな食べ物だった。

ある日、長さんは『他に何か必要な物はありますか？』と尋ねてきた。今度は、姉の久江が『時計が無いので困ってます』と言うと、後日、置き時計を届けてくれた。その後もお米や色々な品を届けてくれた。動乱の最中の天使の一人だった。

やがて久枝は、山本という男性と知り合い結婚することになった。結婚式は家族だけの形だけのものだった。山本は時計職人だったが、生活のために和菓子の小売業を始めていた。そのお蔭で、たまに「ヨウカン」や「クリマンジュウ」と言った和菓子を口にすることができた。夢のような美味しさだった。その後、長さんは来なくなったが、姉の久枝に気があったのかも知れないと思った。しかし、そんな素振りは一切見せなかった。

路上強盗

姉の久枝の夫となった山本を加え七人で生活を共にすることになったある日のこと、家族全員が部屋に揃っていた時、二名のソ連兵が土足で入り込んで来た。入りざまにピストルの銃口を天井に向けると「バキューン!! バキューン!!」と二発撃った。金を出せという無言の指図だった。謙治は店の売り上げを下着の中に胴巻きにしてコタツに入っていた。こんなこともあろうかと親が考えたことだ。つまり、まさか子供まで身体検査はしないだろうという考えからだが、謙治は内心気が気ではなかった。

案の定、親達が身体検査をされている時、壁に吊るした右衛門かけに山本のジャケットが掛けられていて、その中に現金が入っていることが気になった彼はチラッと見てしまった。そのことを強盗は見逃さずお金を奪い取った。更には天井裏に隠して置いた父のライカというカメラを奪い取った。戦火の中にあってもカメラマンであった父はライカを手放さずに所持していた。父の魂とでも言うべきものだったようだ。ライカは世界で初めての三十五ミリカメラで、今でもデジタル化されその名を馳せている。

またある夜のこと、店に集結した大人達が家への帰り道に再びソ連兵の辻強盗に遭遇していた。用心のため父と山本が五十メートルほど先に進み、安全を確かめて母達に合図を送りながら進んでいた。細心の注意を払っていたにも拘らず、またまた「バキューン!! バキューン!!」と空に向けてピストルを発射された。

姉の久枝は、お店の食器類を大きなリュックサックに詰め毎日家へ持ち帰っていた。店に置きっぱなしにすると簡単に盗まれてしまうからだ。実はリュックサックの中にはその日の売り上げ金が入っていたので、姉はその場を暗闇に紛れてそっと離れようとしたが、食器がカチャカチャと音をたてたので、すかさず引き戻された。

そのリュックサックが怪しいことは一目瞭然である。ソ連兵は食器を一つずつ路上に出し始め底にあったお皿を一枚ずつ取り出し、あと一枚で現金だというう場面で諦めたそうであった。難を逃れた姉は『謙治！ 謙治！』と、息を切らせ真っ先に家に戻ると、それらのことを興奮気味に語っていた。戦後の動乱に紛れた許しがたいものであったが、西洋には殺戮・破壊・略奪という過去の長い歴史があったのだ。

冬の新京

雪こそ降らなかったが、新京の町もまた極寒の地であった。日中は陽も差してさほど寒くはなかったが、特に夜間の冷え込みが半端ではなく、しっかりと暖を取らないと身の危険を感じる程であった。零下四十度超えだった。

そこで、父と義兄の山本は近くの無人となった大きな図書館に行き、リュックサックに書籍を詰め込んで持ち帰っていた。その図書館は日本人が建てたもので立派な施設であったという。日中は見回りの中国兵が居るので夜間に行動するしかなかったのだ。

集めてきた本の数頁を剥ぎ取り両手でねじってストーブに薪がわりに焚べていた。父と義兄は交代で寝ずにストーブを炊き続けていた。火を絶やすことは身に危険をもたらすからだ。父は、本をストーブに焚べながら『世が世なら、こんなことは出来ないなー』『立派な学術書ばかりだからなー』と呟いていた。謙治は父の「学術書」という言葉が耳から離れなかった。子供ながらに何か重たいものを感じていた。父のその呟きは、謙治の将来を左右させる最初の一言になった。

また、ある夜二人は書籍の調達に出かけていた。しばらくすると「ズドーンー!!　ズドーン!!」大きな銃声が聞こえてきた。少し間をおいて父と義兄が息を切らして咳き込みながら戻ってきた。父は『見回りの兵士に後ろから狙い撃ちされたんだ!!』と語っていた。

幸いライフル銃の弾がそれて命辛々戻ることが出来たことのようだった。それでも、二人は闇夜に紛れ命がけで書籍を取りに行くしかなかった。

そんな状況下にあった謙治は、日中の暖かい時間帯に外に出て、木の切れはしや石炭のカケラなど燃える物を何でも拾い集めていた。少しでも役に立ちたいという子供心からだった。玄関に高く積まれた書籍の異様さを謙治は生涯忘れることがなかった。

極寒の冬が過ぎれば、やがて春がやって来るはずである。その春の先には日本への帰還（引き上げ）が訪れにるかも知れないのだ。

過酷な戦時下の嵐の渦に呑み込まれた謙治には、何事にも動じることのない冷静かつ心の強い人間の素地が形成されたようだった。動乱の満州を「戦争という巨大な悪魔」が大手を振って通り過ぎて行った。

第四章　帰還

どよめき

一九四六年七月、待ちに待った日本への引き上げの時が訪れた。私達は、南新京駅を貨物列車に乗って出発した。列車は無天蓋車で周囲に五十センチ位の木枠が施されていた。幾つかの駅を経由してコロ島駅に到着した。

港までは歩いて引き上げ船に乗り込んだ。その時、日本人の係りの人が『皆さん！　ここに居るのは全て日本人ですよ！　ご安心下さい‼』と大きな声で伝えてくれた。安堵感が一気に込み上げて来て人々は「どよめき」、その声に皆涙していた。

後で知ったことだが、一隻には千人位の人々が乗っていたそうである。貨物輸送船なので大きな空間でザコ寝をしていた。食事は一日一食で、麦ご飯にワカメの味噌汁のみだった。空腹感が通り過ぎて夢中で食べていた。麦ご飯の美味しさが身体中を駆け回った。

一週間の船旅を経て、船は九州の佐世保港に到着した。下船後は直ちに検疫場に向かった。検疫後は持ち帰り金の交換をし、引き上げ証明書の交付を受けた後、帰省地までの乗車券と携行食が渡された。日本の援護局による支援だった。

日本への引き上げ者の総数は約六百六十万人で、兵士が三百五十万人、民間人が三百十万人で、その内の百十万人が満州からの引き上げ者だと言われている。引き上げ船の数は日本船が三十二隻と、米国から貸与された二百隻で、十三年の歳月をかけて引き上げを完了したと言われている。

軍人や官史達は一番最初に帰国していたそうだった。彼らが捕まれば確実に捕虜となるか、収監されるかのどちらかになるから無理からぬ行動だったように思われる。貨物列車での献身的な兵士や新京で世話になった政府の方々は、末端の人道的で良心的な一部の人達に依るものだったようである。

私達一家は、母方の実家のある金沢を目指し、久枝姉夫婦は夫の実家のある三重県を目指して佐世保を出発した。到着した金沢は戦後の混乱期の真っ只中だった。『お帰りなさい！　無事で良かったね‼』と出迎えてくれたのは、母の姉と長男だった。ひとまず主計町の実家に身を寄せることになった。金沢で謙治を待ち受けていたのは筆舌に尽くしがたい困難を極めた戦いの連続だった。

混乱の日々

金沢に到着した時点で謙治の年齢が七歳になっていたというだけで二年生に編入されてしまった。満州では一年生の一学期しか通っておらず、当時の勉強のスピードもゆったりしていて、学校に慣れることを中心としていたため、読み書きの域には達していなかった。だから、金沢での授業の内容はさっぱり理解出来なかった。

おまけに、当時の金沢弁は方言が強く言葉がさっぱり解らなかった。満州は全国から人が集まって来ていたため標準語になっていた。東京と同じ理由である。一方、金沢の子供達から見ると気取った言葉を話す「よそ者」であり排除すべき存在だったのだ。帰国子女がイジメの対象になることの所以である。

ある日、突然、廊下で二十人位の子供達が『ウオー』と叫び声を上げながら襲いかかって来た。必然的に応戦する羽目になった謙治は、その二十人を相手に殴り合った。ケンカをしたことの無い、ケンカの方法も知らない謙治だったが何故かメッポウ強かった。気がついたら、二十人中の三人の顔面の中心部にストレートが決まっていた。三人は鼻血を吹き出してその場に倒れた。残りの子供達は「蜘蛛の子を散らす」ように逃げて行った。謙治は返り血を浴び、握りこぶしから血を垂らして呆然と立ちすくんでいた。『どうしたんだっ!!』と駆けつけた教師が目にした光景は凄惨なものであり、誰が見ても謙治が悪者であったと思える。それ以来謙治は「ワルガキ」のレッテルを貼られた。

その後も度々イジメに遭ったが、ワルはいつも謙治にさせられていた。その度に廊下に立たされ、母親が情けなさそうな顔で謙治を引き取りに来ていた。母はケンカの件を責めもせず謙治も言い訳はしなかった。

今となっては、当時の母がどんな気持ちであったかと思うばかりである。謙治が言い訳をしなかったのは自分は常に正しいと思っていて、冷めた目で物事を見ていたようだ。学校の成績も四十人中の四十番目の最下位であったため、母と学校側が話し合い謙治を一年生からやり直させることになった。学校を変え一年生に編入することになったことは、学校側のせめてもの配慮だったが、事実を掴んでいた訳ではなかったので、謙治は相変わらず冷めていた。

自然との格闘

謙治は学業に反して何時も自然と格闘し戯れていた。住居の裏が浅野川に面していて斜め対岸には「ゴリ屋」と言う川魚の割烹があった。「ゴリ」とはその川で採れる川ハゼのことである。ゴリ屋の前には木製の朱塗りの私設の橋が架けられていた。いかにも高級割烹だという風情があった。子供心にそう感じていた。

その橋のたもと辺りは結構な深さがあり流れもあって夏にはよく泳いでいた。水泳は自己流で覚えた。川の流れに沿って平泳ぎ・横泳ぎ・クロールと何でもこなしていたが、それは、何度か溺れそうになりながら体得したものだった。

更には、釣りをしたり、タモで川べりをすくって小魚や手長海老などを獲っていた。時には、その川べりの「えぐれた個所」に両手の平を縦にし、十センチ程の間隔を開けてソッと差し込みながら移動していると、魚の尾びれがペタペタと当たった。大きさを感覚的に確かめると、両手を瞬時に合わせた。すると結構大きなフナが捕れた。捕った魚を家へ持ち帰ると、母から『自分で食べないんだったら捕って来てはダメ』とよく叱られた。母から叱られた記憶はその時位だった。心の綺麗な優しい母からは人間の根幹を成す「愛情」を貰った。その愛とは、自己形成のための高質なエネルギーのことである。謙治の捕獲本能もまた将来の生活力の礎を築くことになった。

夏のある日、川で泳いでいたことが祟って「赤痢」にかかってしまった。医者は下痢位に考えたのか絶食を勧めてきた。父は、謙治に回復が見られなかったので別の医者の診察を受けたところ『直ぐご飯を食べなさい！』と諭された。未だ抗生物質の無い時代だったので、時には死を招く病気として恐れられていた。

その後、川の浅瀬で泳いでいた弟も同じ病気にかかった。『早く治りますように』と手を合わせ祈っていたことを覚えている。生活排水が流れ込んでいる川であることに気付き、その後は、川の上流を目指して泳ぐことになった。

四歳違いの弟は何時も連れ立って遊んでいたが、弟の年齢にとっては無理だと思われる場所へは、弟以外の友達を連れて川以外の山中をも駆け回って遊んでいた。とにかく暇さえあれば自然と戯れていた。

ジオラマ

一年生から三年生までの学業成績は最後尾の四十番目で、誰の助けを求めることもなく、むしろ冷静な目で周囲を観ていた少年だった。三年生になったある日、図工の時間に描いた人物像が教室の壁に貼られた。だが選ばれたという実感は無かった。謙治のその後に描いた絵が、正面玄関の掲示板に各学年の六点の絵の中の一枚として貼り出された時は「オヤッ」という思いはしたものの、まだ実感は無かった。

四年生になると、校内写生大会で学年最優秀賞を取った。さすがに何かが起きたことを感していたが、それより人生に大きな変化が起きたのは、クラスの生徒全員でジオラマの様な町作りをした時だった。謙治は、木材に色紙を施した一個のビルディングを作り持ち寄ると、それが担任の小島先生の目にとまり『森本君の作品良いね』と褒められた。劣等生に光が差した瞬間だった。その後、国語の時間に作った詩を、先生から数名の生徒が名指しされ『森本君読んでご覧なさい』と言われた。すると『森本君の詩良いね』と人生で二度も褒められたのだ。そこで謙治は生まれて初めて「勉強でもしてみるか」……という気になっていた。その結果は一足飛びに十一番目になっていた。小島先生の「分け隔ての無い教育」は本物だった。その証拠に謙治の成績向上の件には一言も触れなかった。子供達の未来を見つめた教育だったと思う。

クラス編成は、A班からD班まで四列に十人ずつ並んでいた。クラスで一番勉強の出来る子と最後尾の子が一目瞭然だった。A班の班長が学級委員長であり、謙治はB班の班長になっていた。もう少し勉強（丸暗記）をすればクラスのトップになれるだろうことが予測できると、そのことには何の興味もなかった。

謙治は「宇宙の果てには何があるのだろうか」という興味の方が常に勝っていて、可能性が見えるものには興味を湧かさず、未知の事象には意欲を燃やすタイプだったのだ。かと言って《小島先生》の存在は、人生の転機を与えてくれた最大の恩師になった。教師の一言には一人の人間の将来をも変えてしまう力があるのだ。そのことは後の謙治の思想に大きな影響を与えることになった。小島先生のことはいつまでも頭の中にありながら、お礼の一言を伝えられずに今日に至っていることが悔やまれる。

クライマックス

ある日、父親が新聞を読んでいて『マグリットが死んだなぁ～』と呟いた。謙治は何のことかとその新聞を見ると、マグリットとはシュルレアリスムの世界的な画家であった。その一言は父親の文化的素養に対する驚きと共に謙治の生涯を決することになった。教師の一言も親の一言も子供の将来を左右することがあるのだ。その時、謙治は『将来は画家になろう』と呟き、そう心に決めたのだった。

人間の脳が未分化な時代は小学校三年生ごろまでで、四年生を境に脳は分化の兆しを見せ始める。分化とは、脳の前頭葉の部位が際立ち《創造の座》が発達することである。人生の中で初めて得意分野を自覚出来ると言うことなのだ。その得意分野とは、ものごとに対する価値基準が生まれると言うことである。

人生の《クライマックス》とも言うべき大切な時期にありながら、現行の教育は、作文が万人向けに創造性の発達に適しているると叫ばれながらも実らないのは、創造性の高い人間は教職には就かないという残念な現実があるのだ。

ある日の家庭科の時間の話である。授業の後、女性教師から『ぞうきん』を縫って来なさいと宿題が出された（ぞうきんは現在では買う物になっている）。謙治は、手先の器用な子供だったので、ぞうきんを縫うことくらいは簡単なことだった。なので丁寧に仕上げて提出した。ところが『森本君、職員室に来なさい』と通達が入った。

職員室に出向くと家庭科の女性教師から『下手でも良いから自分で縫って来なさいと言ったでしょう！』と頭ごなしに怒鳴られた。『自分で縫いました』と答えると『子供がこんなに上手く縫える筈がありません！』と一蹴された。その時、謙治は心の中で《勝った》と思った。

その後、謙治は校内写生大会で五年時でも学年最優秀賞、六年時も学年最優秀賞となり全ての学年の総代表として数十枚の賞状を受け取った。ただし、図工の教師の赤地先生以外、周囲の反応は全く無く謙治は唯の特殊少年に過ぎなかった。先生が認める子供は、相変わらず成績上位の数人に限られていて、子供の描く絵画でさえも理解されることは無かった。それは今日の芸術の世界も同じである。

第五章　始動

冒険心

謙治と姉と弟が初めて父に映画を観に連れて行ってもらった。それもアメリカの西部開拓時代を描いた映画であり強烈なカルチャーショックを受けた。その後も、色々な洋画を観に連れて行ってくれた。洋画は子供達の人生に大きな影響を与えた。特に、姉の節子は大学に入ると「映研クラブ」の部長を務める程になっていた。

父はお酒が入ると、よく満州の開拓時代の話をしていた。毎日のように馬に乗って出かけていたある日、工事現場の宿泊小屋で寝ていた時のことである。入り口のドアからガタガタと音がして目を覚ました。ドアのガラス窓いっぱいに映っていたのは熊の顔だったそうだ。二百キロに及ぶ熊の体重がドアにのしかかったら簡単に前倒しになるので、父は拳銃を構えて身じろぎが出来なかったそうだ。幸い熊は去って行ったそうだ。

またある時、山道を馬に乗って移動していると馬がピタリと止まり動かなくなったという。辺りを見回すとオオカミが現れたそうだ。オオカミは姿を消すとまた別の場所から顔を覗かせたそうである。何匹にも見せかけるオオカミの知恵なのだ。父は拳銃を構えて、襲われたら撃つしかないと思っていたが、オオカミは撃たれると『ウオーン』と遠吠えを発するそうだ。そうすると、仲間のオオカミが大量に襲ってくるとのことだ。なので小一時間は動けなかったということ。動くことが出来るのは、馬が本能的にオオカミが居なくなったことを察知してからのことであった。そのことは、謙治が後に観たフランス映画にリアルに描かれていて『本当だっ！』と呟いたものだ。

更には、父が山奥へ分け入った時の話だった。突如として○○族と呼ばれる武器を持った中国の原住民達に囲まれたそうだ。父は、拳銃をズボンのポケットに忍ばせながらも、敵意は無いという素振りを見せ、ゆっくりと通り過ぎることにより襲われることを免れたという。その時のことを知人に話すと『お前、良く帰って来られたなぁ〜。あの場所に行って生きて帰って来た奴はいないぞぉ〜』と言われたらしい。酔って話す父の口癖は『俺の人生はアクション映画そのものなんだ。映画のシナリオなら何時でも描けるよっ‼』だった。そんな父の冒険心は謙治がそっくり受け継いでいた。後に、命の危険に遭遇すると決まって冷静になり、何度も危険を回避出来たからだ。

洞窟探検

六年生までの謙治は、とにかく自然と格闘して遊んでいた。ある日、山の裾野に洞窟があることを発見した。子供達六人で洞窟探検に挑戦することになり、それぞれが懐中電灯を手にして侵入することになった。

しばらく進むと、最後尾の長野君の明かりがだんだんと離れて行った。怖くなって入り口へ戻って行ったようだった。残りの五人はそのまま進んだが、洞窟にはゲジゲジ虫があちこちに這いつくばり、突然コウモリがパタパタと羽音をたてて飛び去った。真っ暗闇に水のしたたる音が『ピチーン、ピチーン』と不気味に響き渡った。時折洞窟は枝分かれしていて、突き当たりに差しかかると戻っては進んでいた。

更に奥へと進むと、落盤の箇所があり身をかがめて進んだ。その場所を通り過ぎたところで『もし落盤が起きていたら下敷きになっていたなぁ～』と思った。その瞬間恐怖が押し寄せて来た。出口の検討がつかない不安感がつのるばかりだったが、更に進むと遠くに小さな明かりが見えて来た。先頭を歩いていた謙治は『皆んな！　出口があるぞー』と叫んだ。安堵感が涙を誘った。洞窟の出口の前には田園が広がっていて、それは言葉にならぬ《美しくて眩しい》光景だった。どうやら一山を越えたらしい。農家のおばさんに出会ったので帰り道を尋ね、やっとの思いで家路に着くことができた。その時の面々が大人になった時に『あれはスタンド・バイ・ミーだったね』と語りあった。

ある日のこと、担任の男性教師から、突然皆んなの前で『森本！　職員室に怒鳴り込んで来たお前の父親のように元気を出せっ！』と罵られた。父親が酔った勢いで何やら物議を醸したらしい。かと言って『親と子の人格は別であろう』と謙治は心の中でそう思った。それにしても、その教師の言動は人間性を欠いた許し難いものだった。謙治は心の中で子供ながらに憤りを感じていた。

それも定年間際の初老の教師であり人間形成の域に達すべき年齢なのだ。やがて小学校生活も終わり、卒業式後には、生徒間でサインの交換が始まった。それが終わると生徒達は順に担任教師にサインを求めて退場して行った。謙治はサインを教師に求めるべきか否かで迷っていた。段々と人数が減って行き判断に焦りを感じていた。無視をして退場することも考えたが、後十人というところで謙治は意を決して『サインをお願いします』とサイン帳を差し出した。すると教師の顔が引き攣った。サインを終えた教師に『ありがとうございます』と言い残してその場を後にした。謙治は心の中で、また『勝った』と呟いた。

遊び上手

家から浅野川を一時間半ほど上流へ遡ると《クジラ淵》と言う名前のエリアがあった。そこまで来ると自然豊かで水も綺麗だった。上流から流れて来る水が崖にぶつかり大きく蛇行して下流へと向かって行った。川幅も広くプール状態になっていた。ただし、一箇所だけ渦を巻いていて不気味だった。

謙治はいつも四～五人で行動していた。『皆んな！　渦の近くには行くなよ‼』と言って川に入って行った。流れが突き当たる崖には、水面から二メートル程の位置に自然に出来た飛び込み台があった。崖をつたって登ることが出来、足からの垂直飛び込みをしたりと夢中になって遊んでいた。水深が二メートル五十センチほどあり川底まで足が届いた。浮上中の岩の窪みに《ウグイ》の集団が固まっていて自然感がいっぱいだった。

謙治は中学生になっていて、遊びのグレードも高くなっていた。川への途中には葡萄畑があり、手を伸ばせば拝借出来た。葡萄を帽子に入れ食べながら歩いた。葡萄の一房や二房でとやかく言う時代ではなく人間にゆとりがあった。

川に遊びに行く時は、必ず塩と折りたたみナイフとマッチを持参した。それらがあれば一日中遊べたのだ。クジラ淵に行く途中でジャガイモとスイカを無断で頂戴?!して持って行った。スイカは崖の割れ目から流れ落ちる清水に浸し冷しておき、ひと遊びの後、スイカをナイフで切り食べた。ジャガイモは焚き火を起し、焼き芋にして少々の塩を振って食べていた。

海へは、自転車の荷台にバケツをゴム紐で固定し、二時間をかけ近所の藤井君と二人だけで金石海岸へ出かけた。日本海は八月に入ると波が荒くなるので、海開き前が狙い目であった。浮袋にメッシュの獲物袋をくくり付け、足で砂底をかき回すと硬いものに当たった。それがアサリやハマグリだった。

夢中になっている内に強い引き潮に遭遇し沖へ流されてしまった。二人は身の危険を感じて『ワッセー、ワッセー』と声を掛け合いながら必死に泳ぎ戻ることが出来た。アサリとハマグリはバケツいっぱいになっていた。川では何度か溺れそうになり、海では更に危険にさらされることになるが、その都度生還していることを考えると謙治は強運の持ち主なのかも知れない。

格闘技

授業時間が終わりに近づくと小さな紙片に「本日集合!!」と書いて皆んなに回した。大抵は二十人ほど体育館に集まって「組み打ち」という戦いを行っていた。ルールはなく適当な相手を見つけると組み合って倒し、柔道で言うところの裸絞め（首をロックする）や横四方固めなどで、相手が『参った!!』と言えば勝ちになった。謙治は勝ち続けていたが一人の相手だけに負けたことがあった。その相手とは雪辱戦で勝ったが、以後二人はお互いに戦いを避けていた。その頃には部活が無かった。

勉強の方は適度な順位を維持していたが、ある日の国語の期末試験時に父親が酒に酔って歌をうたうやら演説を行うやらで、勉強に身が入らず、仕方なく教科書を外に持ち出して電柱の明かりで学習し、次の電柱まで歩き答えが合っているかを確かめ、次の内容を頭に入れ再度元の電柱に戻り確かめる……といった方法を一晩繰り返した。試験の結果は九七点と漢字一文字を間違えただけだったが、何故か謙治は嬉しくもなく冷めていた。その後の英語の期末試験では、父の写真の仕事が多忙で裁断やら袋詰めを徹夜で手伝わされることになった。仕方なく教科書を横に置いて同時進行で勉強する羽目になってしまった。試験の翌日、廊下の向こうから英語の教師の中谷先生が小走りで息を切らせながらやって来ると『森本君九七点！　九七点‼』と叫んだ。先生が喜んでくれたことに謙治はハニカミながらも冷めていた。謙治が「追い詰められると活路を見出す」という逆境に対する強さの背景には、壮絶な過去の境遇があった。

三年生のある日『森本君、森本君、校長室に来なさい』と拡声器からの声が響いた。訳が解らないまま校長室に入ると『森本君おめでとう』と校長はニコニコ顔で『金賞に銀賞二個ですよ！』と告げられた。実は《全国中学生石鹸彫刻コンクール》において上位三賞を謙治が独占したようなのだ。文部省（今の文科省）後援で、当時の有名彫刻家その他が審査員だった。名前を伏せての審査だったらしく、名札を返したら上位三点が一人の人間であったにも拘わらず、審査結果通りに決定したらしい。通常であれば、一人の人間が金賞を取れば二点の銀賞は他の人に回すところだが、純粋な少年の心を汚すまいとした心配りには、人間の善意を今でも感じている。

オニキス

石鹸彫刻とは、縦三十センチ×横十八センチの立方体で、石鹸を彫刻刀で彫り彫像を制作することで、オニキスのような艶のある質感に似た仕上がりになり、想像以上に味わい深いものがあった。金賞になった作品は「お祭り」と題して、少年が末っ子を肩車し、振り袖姿の妹と並んで出かける様子を彫り上げた。

その作品を徹夜で仕上げ、図工の教師である堀先生のもとへ届けると『森本、もう出来たのか！』と驚き『材料がもう一つ余っているから作ってみるかい』と手渡された。謙治は家に持ち帰ると「読書」と題した作品を彫り上げた。それは、二人の少年が塀に寄りかかり一冊の本をお互いに手にして読んでいる姿だった。今考えると、スマホの無かった時代の「のどか」な作風だった。

二作目の提出後に目にしたのは、石鹸の削り残りの山だった。『これは、もったいないなぁー』と呟いた謙治は、削り残りの石鹸を鍋にいれ火にかけてみた。すると半透明の液体になった。それを原寸大のボール紙で型作りした容器に流し込むと、もう一個の石鹸の塊が出来た。今度は『食事中』と題して、原寸大のニンジンを原寸大のネズミがかじっている大胆な作品にした。それらのことを掘先生に告げると驚いていた。校長室に呼び出された翌日の朝礼時に、校長は全校生徒を前にして『我が校の名誉ある報告があります』と謙治の受賞の経緯を話し、大きな賞状三枚に学校側からの賞状三枚を追加して計六枚の賞状を手渡された。賞品はというと、金賞は本革製のカバンで、銀賞の二点は横五十センチ、奥行四十センチ、高さ十センチ位の箱に入った文房具セットだった。

クラスの皆んなの反応は、賞状よりは賞品に目が集まった。当時は革のカバンなど手に出来る時代ではなかったので驚きだったのだ。担任からの反応は無かったが、隣りの教室の女性の担任である山本先生から『森本君おめでとう』と声をかけられたことが嬉しかった。その後も廊下で会うと『森本君元気』と声をかけてくれた。授業を受けたことのない山本先生の「天使の笑顔」を今も忘れることが出来ない。

父親は、それまでの賞状の全てを壁に画鋲で留め、積み上げた賞品の横に謙治を座らせ記念撮影をした。『親バカだなぁー』と謙治は心の中で照れていた。

ところが、学校から帰ると賞状は全て取り外されていた。何気なく窓の外を覗くと、賞状は紙吹雪のように裏庭に撒き散らかしてあった。そのことを父に問いただすと、一言『賞に頼る人間になるな』だった。その父親の見事な英断は、後の芸術家としての謙治の生き方を決定的なものにした。それは親から息子への限りない愛情であり、今でも思い出すと目頭が熱くなる。

中学時代の図工の教師が彫刻家であったことも謙治の人生を大きく左右した。卒業時には、学校側が謙治のためだけに「文化活動特別賞」なるものを用意してくれたが、すでに価値が希薄になった賞状を手に校舎を後にした。

第六章　道　程

想い違い

高校への進学先は、石川県の「九谷焼」や「輪島塗」や「加賀友禅」などの伝統工芸を扱う高校の窯業科だった。九谷焼を学ぶための学科だったが、その二年間は造形が中心になっていた。中学時の担任は普通高校の上位校を薦めたが、謙治はとにかく物作りを続けたかったからだ。

高校は鳴り物入りで迎えてくれた。今で言う推薦入学のようなものだった。授業内容は石膏像の模刻や動物などを制作した。教室の奥にはガラス張りの部屋があり担任の真鍋先生がいつも居た。作品が仕上がると生徒達は順に担任教師のもとへ提出しに行った。すると『森本が出来ないのにお前達が出来る訳がないだろう!』と追い返されていた。

周りの生徒達からは『森本、未だ出来ないのか?』『お前が出来ないと俺達が困るんだよ!』と催促されていた。謙治には時間がいくらあっても足りなく居残りで成形に励んでいた。すると、真鍋先生は飴玉の入った缶の蓋を開け『頑張っているねぇー』と嬉しそうに差し出してくれた。

担任から認めて貰うことは有り難かったが、謙治はクラスの中ですっかり浮いた存在になってしまった。また、二年生の終わり頃には真鍋先生から『森本！　明後日、県の進学のための模擬試験があるから受けて来い！』と言われた。先生は日頃から東京の有名美大へ行けと言われていたが、謙治は模擬テストは受けなかった。テスト実施日の翌日『森本！　何でテスト受けなかったんだ！』と、持ち出した木の板で頭をコツンと叩かれた。良い学校を出ることを良しとしていた時代の教師からの痛い思いやりだった。

謙治が高校生の時に姉の節子は大学の文学部に在籍していた。姉が一学年を終えた時点で父親が『節子、一年生の時の教科書どうするんだ』と尋ねた。姉は『もう要らないよ』と答えると、父は『俺にその教科書全部くれ』と言った。父の時代は、大学が一般的ではなかったものの、やはり娘がどんな学問をしているのかが気になっていたようだった。父の言動は、満州での学術書をストーブの薪代わりにした時の呟きと重ね合わさってインパクトがあった。謙治は、日頃の勉強（受験勉強を含め）よりも、その先にある学問や芸術への興味の方が益々強くなって行った。

一本の雪道

　金沢には「金沢城」がある。戦国時代の城主は前田利家で百万石の大名として有名である。天守閣は焼失して無く櫓だけが城門の上に残っていた。その門と兼六園が橋で結ばれていた。兼六園は前田利家のお庭だったのだ。日本三大名園の一つだから前田利家の権勢が如何に絶大であったかがうかがえる。城と公園を繋ぐ橋の下には電車が走っていたが、そこは、元はと言えばお城を囲むお堀の底で、電車はお堀の底を一周していたが今は無くなっている。兼六園の真下（浅野川より）に謙治が通っていた中学校があった。校舎の奥にある運動場の横に石段があり公園と繋がっていた。ある授業時間に『今日は初雪が降ったから公園で雪合戦をしよう』と粋な計らいをした教師の顔を思い出す。

　公園の真反対の石段を降り切った場所には高校があり、公園が通学路になっていた。冬になると公園には雪を踏み締めた一本の細い道が出来ていた。その道の向こうから中学時代の高橋校長がトボトボと歩いて来ると、謙治は道の脇の雪を踏み締めて立って迎えていた。校長先生は『森本君、元気！』と声をかけて通り過ぎて行った。しばらく行くと今度は姉の学友の二人がやって来た。やはり道を開けて立っていると『謙治君おはよう』と声をかけてくれた。そのことが冬場の日課になっていた。

謙治は中学時代から「うどん製造所」などでアルバイトをしていて、修学旅行などの費用を捻出していた。高校では主に九谷焼の絵付けのアルバイトをしていた。学校が終わると窯元に直行して働いていた。なので、修学旅行の費用はもとより身の回りの衣服などは自分で賄っていた。修学旅行の費用については親に告げることは無かった。

冬用のコートなどは、茶と焦茶色のタータンチェック柄の出立ちに、中学時代の賞品の革のカバンを持ち通学していた。

校則では紺色のコートに決められていたのだが、何故か学校側から注意を受けることは無かった。「自分で働いて買った物を着て何が悪い‼」という気迫が滲み出ていたのかも知れない。窯元の主人からは『息子が後継にならないので、高校を卒業したら森本君が後を継いでくれない』と言われたが、謙治はもっと先を見ていた。

母の愛

『謙治、夏休み中にこれを読んでおきなさい！』と姉の節子が五冊の文庫本の小説を差し出した。芥川龍之介や志賀直哉などの文学に初めて接した謙治は強い衝撃を受けた。そう言えば、中学時代に姉が書いていた作文が机の上にあり、その書き出しが《時計が午後三時を回った》であった。その一行から文章表現力の何かを学んだ気がした。なので、文庫本の五冊からの影響は尚更のことであった。

姉が映研の部長をしていたお陰で、洋画の試写会の切符が映画館から定期的に送られて来た。映画好きの二人はよく連れ立って観に行った。その意味では仲の良い姉と弟であった。そんな中、街で姉の学友に出会うと『弟の謙治と言います』『姉がお世話になってます』と挨拶をした。姉からは、『学友がしっかりした弟さんねと言っていたよ』と告げられた。挨拶だけで賢く見られることに驚いた。

挨拶は小学生時代からの母のしつけによるものだった。路上で母の知り合いに出会うと『謙治、何て言うの？』と催促され『今日は、謙治と言います』と言わされていた。母からは挨拶とは人間が生きて行くための必要不可欠な条件であることを教わった。父の仕事が行き詰まった時も、母は身を粉にして働き子供達を守ってくれた。母がくれたのはマナーと教養と海よりも深い《愛》だった。その愛とは人間として最もエネルギーを必要する行為であり「人間の存立基盤」となるものだと改めて思った。母の苦労の後ろ姿を見て育った謙治は、母に対しては生涯に渡って泣き言は一切言わなかった。

高校三年生になると絵付の勉強に入ったが、立体から平面へと次元を下げることには余り興味が持てなかった。そうこうしている内に三学期も終わりに近づき、卒業制作を行うことになった。真ん中に膨らみのある六角垂の花瓶の型起こしから素焼きへ、更に絵付の順の制作だった。

謙治はただの花瓶では面白くないと思い、素焼きの三面に貝のデザインを四個ずつ配列し彫刻刀で浮き彫りにした。それぞれの貝に彩色し、余白を深い青色で埋め、他の三面には鉄砂と呼ばれる「砂」そっくりの釉薬を施した。その作品は、担任教師が「北陸現代美術展」に出品したらしく初入選となり高校生陶芸家デビューとなった。

旅立ち

北陸現代美術展への出品は本人には告げられていなかった。古典的な絵付けを生業にしていた担任の菊地先生の目には、謙治の作品が新鮮なものに映ったのかも知れない。

卒業間際になったある日、担任教師から卒業後の進路を聞かれたが、謙治は『就職するか、金沢の美大へ行くか迷ってます』と答えた。謙治には、画家、彫刻家に加え陶芸家への選択肢があり迷っていたのが本音だったからだ。

後日、担任教師から『進学をやめて就職するんだったら東京に窯業科の出身者のみで組織された陶器会社があるよ』と言われた。更には『二枠の内の一枠を空けてあるから希望するなら推薦するよ』『皆んなが行きたがっているから早めに返事をしなさい！』であった。謙治はしばし考えてから『就職の件宜しくお願いします』と返事をした。工業用の耐熱陶器の会社だったが、とにかく東京へ出ようと思った。大学へ行きたくなれば自分で働いて行けば良いとも考えた。中学時代からアルバイトをしていた謙治は働くことには何の抵抗も無かったからだ。むしろ、広大な満州の大地で幼少期を過ごした謙治には、封建的な城下町である金沢は狭苦しく肌に合わなかったので脱出するには良い機会だと思った。ただし、金沢の自然との格闘に明け暮れた日々は、何物にも変え難い思い出となった。

旅立ちの日、駅のホームには母が見送りに来ていた。そこでの母は、何とも言えない表情を浮かべていた。それは自立の旅に出る息子への期待と寂しさが入り混じった複雑な感情だったと思う。

母は『謙治、体に気を付けるんですよ！』『風邪など引かぬようにね』『栄養に気を配ってね』『着いたら連絡してね』と言い謙治の手を握っていた。やがて列車はホームを離れ動き出すと、母の手の温もりが徐々に遠ざかって行った。

新幹線前までの列車の東京までの旅は五時間半を要した。そこには、スピードと効率を求める現代社会では考えられないゆとりのあった時代の情景があった。上京に際して長男である息子を手放すことの母親の勇気は、謙治の運命を大きく変えて行くことになるのだが、母の気持ちを考えると今でも目頭が熱くなる。

衝　撃

就職先では特別待遇を受けた。すぐに工場長の隣りに座らされジンタコロンドの成形に携わった。ジンタコロンドとは高耐熱セラミックで、後にスペースシャトルの表面に貼られたことで知られている。その仕事に就いて半年が過ぎた頃に一本の電話が入った。その電話は中学時代の図工の恩師である堀先生からだった。『森本、そろそろ公募展に出してみないか?』であった。

丁度その頃、世界的彫刻家であるヘンリー・ムーア展が開かれていて、その作品を目の当たりにした謙治は大きな衝撃を受けたばかりだった。それは、時代の変革期と言える現代彫刻の幕開けであった。謙治の彫刻家への道が定まった。

秋口に入り、仕上げた人体像を上野の美術館へ搬入した。初日に美術館へ行き自分の作品の展示場所に近づくと、数人の人達が謙治の作品を取り囲み、中の一人が撮影をしていた。『森本ですが、何されてるんですか?』と尋ねると『君の作品は優秀だから彫刻部の研究会の課題にするんだよ』と言われた。

謙治は未だ十九歳の駆け出しの作家であった。しかも、ヘンリー・ムーアの影響を色濃く受けた作品で、本人は内心コピーに過ぎないことを自覚していたので、その作品を見抜けない人々を前に唖然とした。

更に驚いたことは、渡された会員名簿に掲載されている人々の全てに、〇〇美大卒業や〇〇専門学校卒業などと肩書きが記されていたことだった。

芸術家に肩書きが付くことと、研究課題の件を含めショックを受けた謙治は、大学で基礎から勉強をし直す決心をした。合わせて、会社での最高位が工場長であることの先が見えてしまうと謙治は居たたまれなかった。工場長の人柄も良く、会社にも申し訳なく思ったが美大への進学を伝えた。

今思えば身勝手な話しだが、在籍をお願いしたまま美術研究所へ石膏デッサンを習いに行くことにした。美大の受験は石膏デッサンが必修で能力判断の基準になっていた。それに加えて提出作品も決め手になっていた。仕事を五時きっかりで終わらせてもらい、賄い食（寮生活だった）を食べた後、駒込にある研究所通いが始まった。

第七章　どん底生活

童顔

石膏デッサンに通った先の駒込美術研究所の先生は変わった人だった。つまり、何も教えてくれなかったのだ。壁に飾ってあった先輩達のデッサンを参考にしろとでも言わんばかりで、出来上がったデッサンを『良いね！』と褒めるばかりだった。

謙治がすでに彫刻家デビューを終えていたので好きなようにしなさい……ということだったのかも知れない。それよりもおかしなことは『森本君は彫刻家だから、ここに彫刻科を設けるから講師になってくれない？』だった。月謝を払って講師をする矛盾を双方で自覚していないようだった。

研究所の先生の名は久保田と言った。彼は五反田の逓信病院の看護婦（現在の看護師）で構成された「美術クラブ」の講師をしていたが、ある時『僕の代わりに教えに行ってくれないか』と頼まれた。余り深く考えずに引き受けた謙治は、当日『久保田先生の代わりに来ました森本謙治です』と挨拶したところ看護婦達にクスクスと笑われてしまった。謙治は未だ十九歳であり、その上、童顔だったので当然と言えば当然だが、さすがに若過ぎていて本人も照れてしまい、その域に達していないことを自覚せざるを得なかった。そのことを久保田先生に告げ辞退した。

『森本君、プロレスを観ませんか？』とある日、先生の奥さんに誘われ初めてプロレスなるものを観戦した。結構面白かった。その後も金曜日になると『森本君、プロレス始まるよ！』と誘われることが定番になった。奥さんからは『台風の日まで来るんだ』と驚かれたが、受験までの日数が迫っていたのだ。金曜日はお茶菓子付きの息抜きの場となったが、やがて絶望の淵に立たされる事態が訪れる事に謙治は気付いていなかった。

久保田先生は「サロン・ド・ジュワン」という美術団体に所属していて、ある日のこと『森本君、作品を出してみないか』と誘われた。会員のみの画家達で構成されていたので、皆さんに紹介され出品することになった。作品は抽象的な造形で、会場は銀座では一番広い有名画廊だった。彫刻の出品者は謙治一人だったので画廊の中心で伸び伸びとした展示が可能だった。会員にと誘われたが謙治の志す未来は遥か彼方にあった。

命の恩人

大学には合格したものの謙治は早速アルバイト先を探さねばならなかった。当時は現在のように容易に働き口があった訳ではなく、特に昼間の大学に通う学生の夜間のアルバイト探しは困難であった。

現在のように、ネットを検索すれば、夜間アルバイトの求人サイトが豊富にあり、むしろ人手不足の様子で時代の違いだった。

本人にはデザインの仕事が理想的だったが当時は全く情報が無かった。その頃、従兄弟の大学生の板谷紀一君が夜警のアルバイトをしていたので、頼み込んで貰ったものの空きが無かった。謙治には屈辱的であったが水商売の仕事を探すしかなかった。だが、それさえ童顔がわざわいして中々採用が決まらず思いの外困難を極めた。

ある日の夜、仕事が見付からず貯金も底をついていたので、土砂降りの雨の中を「やけくそ」になり歩いて帰宅した。案の定高熱を出し、飲まず食わずの状態に陥り、三日の間寝込んでしまった。衰弱しきった謙治は『このまま死ぬんだなぁ！』と心の中で思った。

死に対する恐怖は何も無く、何故かホッとした気持ちになっていた。思えば二十歳にして、兎に角壮絶な人生を過ごして来たからだった。

突然、部屋の扉が開かれ、斜め向かいの部屋の岡田さんが『森本君、どうしたの！　風邪を引いたのだったら何で言わないの‼』と大声で叱られた。その声は、正に天使の響きであった。岡田さんはご主人と二人のお子さんと暮らしていた。その日から、お粥と味噌汁とおかずを運んでくれた。奇跡の生還だった。

元気を取り戻したものの戦いは続いていた。ようやくアルバイトを探し当てたが謙治の大学生活は困難を極めたものになった。そんな状況下に在っても親兄弟には一言も告げなかった。その後、アルバイト先の近くに転居することになったものの「命の恩人」である岡田さんには、お礼の言葉さえ残す心のゆとりが無かった。

そのことは人間として取り返しのつかない過ちだった。いくら困難な状態であっても許されることではなく、生涯に渡って悔いを残すことになった。謙治が岡田さんの恩に報いるためには、自分の人生を真っ直ぐに進め成就させること以外に道は無かった。

料理上手

『君はまさか学生ではないよね！　うちは学生を雇わないことを知っているよね！』とは、ようやく辿り着いた就職先の面接時の責任者の第一声だった。謙治は『学生ではありません』と答えるしかなかった。求人募集の貼り紙に「学生お断り」の一文が記されていたことは知っていての必死の答えだった。

そこは、池袋にある従業員が男性だけの大きな楕円形のカウンターバーだった。今で言う洋風居酒屋と言ったところだ。お店は五時から翌日の一時までで、従業員の食事は閉店後に摂っていた。責任者の一人を除いて皆が持ち回りで作っていた。中でも謙治の作る食事の評判が良く、食事の支度の全てを任されることになってしまった。食後は店の車がそれぞれの家まで送ってくれた。

謙治は、小学四年生の頃から姉と一日交代で夕食を作っていた。母親が働きに出ていたからだった。小学生の作る食事を、父親と兄弟の四人でテーブルを囲んでいた経験が生かされることになった。

創意工夫が得意な謙治は、カウンター内での酒の肴類やオードブルなどの料理も全て任されることになった。中でもハムやソーセージ、野菜や果物に飾り細工を施し豪華に盛り付けたオードブルは評判が良かった。他にも手先の器用な謙治は店内のメニューの全てを手書きで作成していて重宝がられていた。

学業の方は、四時以降の授業は代返を仲間に頼むか欠席するしかなかった。お店に直行した謙治はドアのカギを開けると、先ずはカウンター内に残してあった昨夜のご飯や味噌汁やおかずで腹ごしらえをし、店内の掃除に取り掛かった。他の従業員が来ると、その日の店で出す食材と晩ご飯の用意を兼ねて買い出しに行っていた。店での人気メニューに「シシカバブ！」という一品があった。

それは、牛肉の大きめの角切りにネギを交互に挟んで塩胡椒で味付けし焼いたもので、仕込みは全て謙治一人で行っていて、注文の合間に謙治も良くほおばっていた。給料の安い謙治には貴重なタンパク源だった。店内での二回の食事は大きな助けとなった。大学へは寝る間もなく通いギリギリの体力勝負となった。

豪放磊落

従業員の一人が二カ月の無休記録を持っていたので、謙治は三カ月への無休に挑戦していた。責任者からは『謙治君、良く頑張るねぇー』と言われたが、食費を抑えるための策でもあった。店には俳優や歌手などの芸能人も来ていた。大学からは、顔馴染みの美術学科の助手の川口氏が飲みに来ていた。准教授や教授の椅子を目指していたが給料が安いようだった。なので謙治は、飲んで食べさせて会計時に、店には内緒でハイボール一杯分の料金しか請求しなかった。支払いを済ませた後の彼の身に、まさかの「恐怖」が訪れることを知らなかった。

大学の体育の授業時に『グラウンドを三周!!』…との教官の声が轟いた。痩せこけていて目は窪み、どう見ても栄養失調状態だった謙治は、グラウンドを三周走っただけで膝がガクガクと折れ曲がっていた。それを見た学友が笑いながら『お前、何やってんだ』と言った。謙治は手足を大きく動かして『踊ってんだよ!!』と強がってみたものの、内心は情けなく惨めだった。アルバイトが決まる以前の出来事だったが、謙治にとっては精一杯の強がりだった。また、就学当初は、教科書さえ買う余裕がなく、期末試験時には学友から一日だけ教科書を借りて、序文のみを徹底的に理解することにした。序文には、その学問の定義や意義が完結に記されていたからだ。課題を序文の内容から外さず推測や洞察を交えて仕上げると、論文による試験は全て合格していた。

困ったのは論文以外の試験だった。追い詰められた謙治は、とあるテストの時間のはじめに、隣りの学友と自分の名前を書き終えた瞬間に、サッと答案用紙を入れ替え『俺の方から先に書いてくれ』と小声で頼むと、学友は、不意打ちを食らって必死に書き上げ、また、サッと交換して自分の分を書いた。その試験の結果は『森本君、九十五点』『斉藤君、七十五点』と教授から告げられた。そのことを謙治は笑って済ませた。

また、ある試験日に別の学友の柏原君にも同じ行為に出た。彼は、謙治の答案用紙を書き終え、自分の番になると答えに行き詰まったらしくソワソワしていたので、謙治の答案用紙を本人側に少し寄せて『見ていいよ』と小声で伝えた。だが、感極まった柏原君は机の下から教科書を膝の上に出しカンニングを始めた。

その途端、運悪く教官が後ろに近づいて来ていて『貴様！　退場!!』と一喝された。謙治は、お前バカだなぁーと言った顔つきで笑っていると、教官は『貴様も退場！　二人とも後で教授室に来い!!』だった。柏原君と謙治がガン首を揃えて謝りに行くと、教授はニコニコ顔で『いいんだよ、皆んなの手前があったからねぇー、心配しなくていいよ』と言われた。大らかな良い時代だった。

チーズドール

店に呑みに来ていた大学の助手の川口氏のことである。ある日の試験の当日彼は試験官だった。只酒に近い恩を売ってあったので、謙治は堂々と教科書を机の上に置いて答案用紙を埋めていた。そこへ川口氏がやって来て驚きふためいて教壇に戻ると、新聞紙を広げて「私は何も見てません」の、ふりをしていた。しばらくして、彼は腕が疲れたらしく廊下に出てしまった。あくまでも見ていない事にしないと立場上困るのだ。彼の挙動がおかしくて笑ってしまった。謙治には大胆な一面があったようだ。

一学期の実技は主にモデルの人体デッサンだった。石膏デッサンが無機質な人物像の質感と陰影を三次元的に表現するのに対し、人体デッサンは有機的な対象である人間を三次元的に捉える訓練である。美術家にとっては最も重要な基礎になるのだ。それらが、生涯に渡って有効な基礎訓練になる事は否めない。謙治は一学期のみ徹底的にデッサンに取り組んだ。その間、粘土を使った塑像を一体制作し、その後は美術の授業からは遠ざかった。アルバイト現場のことだが、店のカギの開け閉めを謙治が行っていて、ドアの上下のカギの下のカギを閉めた時に、ジャケットの胸ポケットに入れてあった学生証を落としてしまったらしい。翌日、運悪く経営者が何かの用で店に寄ったらしく、学生証を拾われてしまったようだ。開店時にやって来た経営者の熊沢氏は『森本！　学生だったんじゃないか』『何で黙ってたんだ‼』と一喝された。熊沢の名の通り熊のような男で迫力があった。

一喝した後、態度を一変させ『森本、卒業後もうちに居てくれないか⁈』と言われ、続けて『実は、チーズドールと言う名のレストランを出す計画があるんだ。卒業したら君に任せるから是非仕事を続けてくれないか‼』と皆んなの前で言われた。後で気がついたことだが、先輩従業員の風当たりが強くなっていたのは、きっと妬まれたのであろう。

ある日、常連客の峯岸さんから『新規開店の店から責任者となる人を探してくれと頼まれているんだ』と、日頃から謙治の仕事ぶりを見ていて是非にとの誘いだった。

丁度その頃、銀座の支店を任せたいとの依頼があり、遠くに行くことは学業に影響するからと悩んでいた折でもあったので、店の責任者には丁重に謝り退職して、峯岸さんの誘いを引き受けることになった。

第八章　夜明け

心機一転

艱難辛苦が続いた夜が明けると、ようやく穏やかな日差しが見え始めた。謙治にとっての一学年時は人生の内で最も過酷で最も長く感じた日々であった。

峯岸さんからの誘いで新しい店に移ったのは丁度二学年の始め頃だった。プロとしての採用だったので給料も三倍強に跳ね上がっていた。その意味では一年間の苦労は決して無駄ではなく、むしろ感謝すべき経験だったのだ。人並みの生活を手に入れた謙治は家電製品を揃え、衣類も増えて急にオシャレになっていた。大学の教科書もようやく買えるようになったことが何よりだった。

お店のオーナーは女性で野田さんと言った。前店よりは小ぶりだったが同じく楕円形のカウンターバーだった。開店時間は六時から翌朝の一時までで、謙治は五時には入店して掃除をし開店の準備を整えた。オーナーからは『森本さんが居てくれて本当に助かるわ』と評判は上々だった。オーナーが酔ってしまうと『森本さん、後お願いね』と言い引き上げて行った。仕事も少し落ち着いた頃、同級生の坂口君が自分の彼女の友達だという女性を連れてきた。コーヒーショップで会った時、彼女は『私、ハワイ生まれのハーフなの』が最初の一言だった。その通りの色白の美人だった。続けて私に対し『優しそうな方ね』とも言った。謙治は一目惚れだった。

しばらく付き合った後、二人は生活を共にするようになっていた。朝食と夕食は彼女が用意してくれて、ようやく人間らしい生活が出来るようになった。昼食は殆どが学食だったが、休日はよく外食を共にしていた。ある日、新宿の鰻屋さんで鰻丼を注文した。食べ終わるや否や『おかわりを下さい‼』と言って謙治と店員を驚かせた。鰻が好きな女性であったので、いつしか謙治も影響されて鰻好きになってしまった。

彼女の名を恵子と言い、周囲からは当時のハーフのタレントに似ているとよく言われたが純粋な日本人だった。同じく謙治の顔立ちも日本人離れしていて外国人とよく間違えられていた。恵子との出会いは謙治の運命を大きく左右することとなった。それは、あたかも量子力学による《引き寄せの法則》だったのかも知れない。

独立

新しい店に勤務して半年が過ぎた頃、店の主人の野田さんから『森本さんは学生だったのね』と言われた。『どうして分かったんですか?!』と尋ねると、『バーコートをクリーニングに出そうとポケットを確かめたら学生証が出てきたの』であった。学生証は何時もは自宅に置いて出勤していたが、その日に限ってジャケットに入れてあって、店内のエモン掛けに吊るしていたが、中身を見られるかも知れないことを懸念し、バーコートに移し替えていた。そのことを忘れ帰宅してしまったことの結果だった。『森本さんが学生だったとは今まで全く気が付かなかったわよ』と言われ『今まで通りに宜しく』とも言われた。その一件により、むしろ人物としての誠実さが高まったようだった。

つまり、その後、野田さんから『森本さんにはパートナーも出来たことだし、もし独立する気があるなら融資しても良いわよ』と告げられた。たった一年間の勤務での信用であった。謙治はコーヒーショップを出したい旨を告げ快諾した。通学のことを考え店舗探しを始め、見つけたのが駅前の商店街の真裏に位置する店舗だった。駅から零分だから一度覚えて貰えれば便利な立地だった。店内の装飾を民芸風にし、コーヒーカップなど食器類は益子焼で統一した。ボックス席が五個にカウンターには八名分の席があり小ぢんまりした店だった。現在の外資系コーヒーチェーンと違い情緒があった。

美術家ならではのアイディア満載の店だったので、思惑通りの大ヒットになり連日客で賑わっていた。ピーク時には相席をしてまでも客が入ってくれた。ただし、良い事ばかりではなく、時には、反社会的風の二人組が入って来て、年配の方の男が若い方の男に、小声で『殺せとまでは言わなかったろう』と言う会話が聞こえて来た。その時ばかりは背筋が凍った。学業のためとは言えこの仕事に嫌気がさした。その意味では、現在の様な外から店内が見えるコーヒーショップの方が健康的である。

店には、スタッフが二名居て昼は女性で夜は男性だった。学校へは、どうしても出なければならない授業だけ店から出かける形になった。

恵子は良く働いてくれた。それも定休日は月に一日という過酷さに耐えてくれた。彼女が居なければ謙治の学業は成り立たなかった。

琥珀《こはく》色の飲物

カウンターの手前にはサイホン用のガスバーナーが二本立てられていた。謙治の手作りだった。アルコール燃料では火力が弱く効率が悪かったからだ。当時、コーヒーの専門店としては、銀座と早稲田に一軒ずつある位だったので、たちまち名が知れ渡り遠方からの客が沢山来ていた。

コーヒーの豆には、ブラジル・コロンビア・モカ・マンデリン・ガテマラ・ブルーマウンテン等々多くの豆が輸入されているが、豆の特性（味と香り）を生かすためには、それぞれの焙煎を異にする必要があるので結果的に焼色には違いが出ている。ストレートを注文するお客には『ミルクを入れるのであれば、全て同じ味になってしまうので、通常のミックスコーヒーで良いですよ』と伝えていた。

コーヒーを単品で飲むことを「ブラック」と呼んでいるのは間違いで、井上陽水が歌っているコーヒールンバに《こはく色した飲み物》の歌詞がある通りだが、ブラックとは業者がどうせミルクを入れるのだからと一番安い豆を焦がして出したもので、黒くなって焦げた色をブラックと呼ぶようになったのである。そこにはコーヒー本来の苦味はなく一般的に「焦げた苦味」をコーヒーの味だと思っているのである。

コーヒーはヨーロッパの文化が伝わったことにも起因するが、何時しかコーヒー本来の飲み方である「主流」が「亜流」に変化した一つの例である。

人間には、最初に出会った事が正しいと思い込む厄介な脳の仕組みがある。従って、多くの事象が概念化されるので物事の真理を求めることに苦労する生物になったようだ。

だから、謙治が目指す芸術という新しい概念を創出する仕事は困難を極めるものとなった。とにかく、人間は新しい事実を受け入れ難いのだ。《和を以って貴しと為す》を唱えた聖徳太子（現在は馬屋の王子）の思想は民主主義の原点のようなものだったが、横並びの日本社会では「出る杭は打たれる」の如く、全ての分野において突出した能力を抑圧するという欠点ともなった。

個々の人間が価値基準を持ち、物事の本質を探求し、頭を常に柔軟にして生きることが出来れば、人間はもっと豊かになれると思われる。

嫌がらせ

そうこうしている内に卒業が間近に迫って来た。アッと言う間の四年間だった。謙治は『このまま卒業してしまったら印象が薄いなぁー』と心の中で思った。そこで、深川の木場の業者から桜の巨木を買い込んで木彫に挑戦することにした。木の大きさは、高さ二メートル五十センチ、直径が六十センチあり、ノミと砥石を購入し、ノミを研ぐことから始めた。作品は世間で言う抽象彫刻だが、それは作者が世界で一つだけの美を創出する作業なのである。同級生達も謙治に影響され抽象彫刻に走った。

ところが、杉原教授は彫塑（粘土を用いて制作する）の作家であったため、首（首から上の塑像）以上の作品を一点提出するようにと研究室から指令が来た。卒業制作は作家デビューだから『抽象と具象を同時に発表するのはおかしいでしょう』と謙治は抗議をしたが決まったことだからと一蹴された。

更に、人体デッサンを十枚提出するようにとも指令が出た。謙治は『デッサンは下描きだから発表するのはおかしいでしょう』と重ねて抗議をしたが通らなかった。

提出したデッサンを見た杉原教授は『森本さんのデッサン初めて見るけど良いデッサンするんだね』と驚いていた。謙治は『発表する以上は作品なんだけどなぁー』と心の中で呟いた。森本さん……と「さん付け」をするのは以前からで『私は生徒だがら君でしょう』と言ったが『いやぁー、やっぱりさんだな』と返事が返ってきた。

卒展は銀座の大きな画廊で開催されることになったが、おかしな課題を出したのは彫塑の作家である杉原教授のメンツのためだったのである。なので、謙治だけが抽象と具象の作品に加えデッサンまで展示することになった。

それは、周囲に対する見せしめだったのだが、同級生達は『お前だけ全作品を展示するのはずるいよ』と、何も理解していなかった。

卒展の結果は、有名美術評論家が東京の各美大から彫刻と絵画を二点ずつ選び美術雑誌で論評していた。謙治の作品も選ばれて《真理を探求した作品だった》……と評された。それを知った学部長が《初めて彫刻科から存在感のある作家が生まれた》と喜び、是非大学に作品を残して欲しいと要請されることになった。

作品は、大学の正面に設置されたが、その結果は、杉原教授と二名の准教授を出し抜いた形になったので、慌てた三人は、自主的に校舎の片隅に作品を並べたものの小品揃いで影が薄かった。その結果、謙治の卒業後は杉原教授からの陰湿な嫌がらせを受ける羽目になった。

駆け込み寺

大学を卒業し借金の返済も終えた謙治は何とも言えない虚脱感を覚えていた。コーヒーショップは学生程度の仕事だと思っていて、さて、今後の生活をどうしたらよいものかと思案をしていた矢先に朗報が舞い込んできた。実は恵子の父親は旅館を経営していて、元々は大工の棟梁だった。

『謙治君、旅館に空き地があるから家を建てて何か仕事を始めないか』という誘いだった。謙治は就職する気はなく、ひらめいたのは《美術研究所》を作ることだった。その事を義父に伝えて了解を得た。一時的な住まいは旅館の片隅の一室を与えられ、その旅館を切りもりしていた恵子の母親が三度の食事を用意してくれた。

家の建築は、義父と謙治の二人で行った。木造二階建ての家屋を基礎から棟上げまで何でもこなした。一階をアトリエ、二階は居住空間だった。内装のフローリングや壁材の施工等々、木造建築の全てを覚えた。外注になったのは外壁と屋根瓦とライフラインの工事だけだった。作業の全ては立体造形の制作に大いに役立った。

仕上がった家屋に【森本美術研究所】の看板を掲げ生活基盤を整えた。居住の条件は格安の家賃のみで有難かった。

土曜日は幼児の部で、日曜日を小学生の部とし、高校生以上の大人は夕方の六時から一週間を通じて自由にした。研究所は、特に大人の生徒達には、美術の指導と共に人生相談の場でもあった。つまり、美を求めてドロップアウトして来る人達が沢山いた。

『うちの会社の社長はバカでしょうがないよ』という人間には『君はラッキーだね、社長に能力が無ければ君が助けてあげなさい』と助言すると、我に返って生き方が変わって行った。その他、人生相談が多く、駆け込み寺の役割も担っていた。真面目に取り組む生徒達には展覧会への出品までの指導をした。

その頃、中学時代の恩師の堀先生から連絡が入った。内容は、彼が委員を務める美術団体のN会への改めての誘いだった。堀先生は卒業制作の作品を大学にまで足を運んで観てくれていたので、謙治の実力を十分解った上での誘いだった。有名美術団体には、それぞれ「グランプリ」が設けてあり、その賞は作家デビューとしての重みがあった。

謙治を誘うということは、それなりの条件を満たしてくれるとの阿吽の約束だった。美術研究所を立ち上げたことで、夕刻までの制作時間がたっぷりあったことが謙治の制作意欲を後押しした。作品はグランプリに相応しいものに仕上げることが必然だった。

第九章　開　幕

挑戦

最初の挑戦作品は、高さ二メートル三十センチの作品一体と、高さ一メートルの作品四体の計五体を組み合わせたケヤキを材料にした木彫だった。それを幅二メートル八十センチの鉄製の台に並べた大作だった。作品の搬入当日、堀先生から『森本君の名前も顔も誰も知らないので、今回は会員の皆んなに紹介ということにしてくれないか？』と言われた。拍子抜けはしたが無理からぬ要請だった。

上野の美術館では、秋口に三つの美術団体の展覧会で幕を開けた。美術団体のN会はその中の一つで、美術評論家による新聞での合評が行われていた。そこには『森本謙治という大型の新人が現れた』と評されていたので、先ず先ずの結果となった。

初日には東京文化財研究所の美術評論家からも『君の作品、優秀だからキャビネ大の写真を貰えませんか⁉　文化財の資料として登録したいので』……と、依頼を受けた。その翌年も再度グランプリに見合う大作に挑戦することになった。作品は、横幅一メートル五十センチで高さが二メートル五十センチ、重さが二百キロのケヤキの木彫四体を二本の重鉄骨の間に順に組み立てた作品だった。クレーンでの持ち上げ作業だった。総重量が一トンを超す大作で《グランプリ》に加え同時に会員推挙となった。

メディアには受賞者名の掲載に終わったが、かと言って作品の良し悪しが決まる訳ではなく、人間の行動は「全ての職業」において、ある一定の尺度を超えると人々に無視されたり牽制されることがある。受賞後に『この度は、森本さんの審査をさせていただき有難うございました』と挨拶に来た審査員の様に心の正直な人は例外として、杉原教授などは謙治に『才能が沢山あるんだから彫刻なんかやらなくてもいいんじゃないの』と牽制したことを思い出す。謙治の生涯には《やっかみ》や《ひがみ》や《いやがらせ》や《無視》が付きまとった。

謙治の次なる挑戦は、当時、日本最大の公募展である日本現代美術家展であった。大作だったが落選という信じ難い結果になったが、それには、正当な扱いではない作為的な裏工作があったのだ。そのことに気付いていなかった謙治は、自分の未熟さのせいにして来年度に名誉挽回をすれば良いと純粋に考えていた。

仕打ち

新たな挑戦が始まった。今回の作品は幅二メートル五十センチ、高さ一メートルの大作だった。円盤状の本体にキュービックな形をリズミカルに組み合わせ、出来上がった作品にはブルーメタリックの塗装が施されていた。

日本現代美術家展の初日に、展覧会場に足を運び自己の作品の前に立っていると、謙治の背後から『森本さん！　おめでとう！　今回私は審査員ではなく陳列委員だったんだよ、だから森本さんの作品をここに置くのに苦労したんだよ』と杉原教授に声をかけられた。昨年の出品作の件は、杉原教授が審査員であった事による「仕打ち」だったのである。それにしても調子の良いバレバレの言動に呆れ返った。

その日の夕刻のレセプションに出席したところ、杉原教授の二名のまな弟子の准教授達が落選していた。にも関わらず会場に来ていてビールで乾杯している姿を見てしまった。その姿に哀れを感じた謙治は何故か悲しくなって即座に会場を後にした。謙治は、こんな所に居る場合ではないと感じたのだ。そのことにより、更なる目標を立てねばという強い意志が働いたのだった。杉原教授が審査員でない場合には教師と生徒の立場が逆転してしまうことの何とも形容し難い現実があった。

更に後日、何の風の吹き回しか杉原教授から一本の電話が入った。『森本さんちょっと良い話があるんだけど顔を出してくれない』だった。話と言うのは『実はS会展に推薦しようと思うんだ』『推薦するのは森本さん一人だけだから、このことが美術学科の卒業生達に知れたら大変なことになるからね』であった。

前回のこともあったので、思い直しての好意であろうと謙治は良い方に考えていた。S会展とは日本一大きな画廊が主催する美術家の登竜門の一つの展覧会なのだ。謙治は樫の木でボリュームのある変形の楕円垂に四角いキューブをリズミカルに組み合わせた作品を、縦置き形と横置き形の二作品に仕上げて搬入した。ところがである、何と二人の准教授の作品が搬入されているではないか！　またもや弟子を使って謙治を貶めるという嫌がらせだった。『俺の力を思い知ったか』と言わんばかりの、手の込んだ陰湿な嫌らせであったのだ。それが、当時の日本を代表する彫刻家の姿であった。

謙治はすかさずその場から作品を持ち帰った。

杉原教授は、謙治の入学前にイタリアに行き、小さな美術研究所で十七・八歳の美大受験生達と肩を並べてデッサンをしたことを留学と称していたそうだ。また、イタリアの彫刻家の技法を持ち帰リ、コピーした作品を発表していただけの存在だったのである。その噂を、後で知った謙治は愕然としたものだった。

当時は「洋行帰り」と言って、外国に行っただけで大家扱いされていたのだ。何とも言い難い現象だが、ネット社会以前の情報量が極度に少ない時代の出来事だった。但し、彼の「仕打ち」は後の作家としての謙治を大きくして行くことになった。

島国根性

謙治が所属するN会（公募美術団体）の一般応募者の受付係をしていた時のことである。搬入された作品の中には、力量のある現代アートが持ち込まれていたが、それらの作品は結果的にはことごとく落選させられていた。

上層部の審査員である長老達は、歳をとることにより保守的になり、新しいものを受け入れ難くなるようだ。受け入れ容量の違いが全ての人々に当てはまるのではなく、人間は年齢に関わらず「硬直型」と「柔軟型」に大別されるようだ。

日本には「島国根性」と言われる硬直型で概念的な人間が多く、突出した才能の持ち主は《出る杭は打たれる》と言われるような、息苦しく窮屈な社会の一面がある。謙治のように大陸で生まれた人間は尚更だった。

科学者や芸術家の海外流出が起きるのはそのためである。戦後、海外で成功した唯一の作家に流政之がいる。日本の美術界に受け入れられることなく、アメリカで名を馳せた彫刻家である。彼は『駄作もあるから良い作品が目立つのだ』と言い放つ人物だった。

流政之以前には、過去に日本を追われるようにフランスに渡り帰化した藤田嗣治と、さらに遡って葛飾北斎に代表される浮世絵画家がいる位なのだ。海外の情報先取りして開花した現代美術もバブル崩壊と共に跡形なく消え去った。

美術団体N会では、謙治が出品する作品には全て賞が出されていた。賞を出すことによって権威を誇示することが出来るからだ。但し、堀先生は権威とは無縁な中庸な人格の持ち主であったと思う。

展覧会初日に謙治のグランプリ作品を、長老達が隣の美術団体の若手の作家から説明を聞いていた。作家は自他共に作品の良し悪しや美術家としての位置を認識出来ていなければならないのに、審査した中の長老達は解っていなかったのだ。

N会には芸術家と言える作家は、創立者のM氏の他に少数の作家がいるだけであった。残念ながら彫刻部には謙治が意識する作家は堀先生位だったので、この先、どうしたものかと考えていたある日、元気の良い同世代の画家達から『森本さん、賞の要らない部屋を作ろうと思うんだけど参加しない』と誘われた。

謙治は即座に『それいいね！』と快諾した。賞が要らない代わりに好きなことをさせて貰うことがこちらの条件だった。謙治に対する「ヒガミ」や「ヤッカミ」からか根も葉もない誹謗中傷が現れ始めていた折でもあり、それを契機に謙治はお世話になった堀先生に『色々とお世話になりました』と丁重な挨拶をしてN会を去った。

仮想通貨

《真理》を求めなくてはならないという人間社会には常に不条理が溢れ、主義主張は低迷し、貨幣経済がもたらす強迫観念が人々を不幸にしている。貨幣がもともと仮想通貨であるにも拘らず、ネット社会に《仮想通貨》が出現して来ると、それは仮想通貨のパロディに思えてしまう。

量子力学の世界からは、この世はマイナスの電荷を帯びた仮想現実かも知れないと昨今のネット社会を賑わせている。都会のビル群なども、謙治には蟻塚に見えてしまうのだ。中で働いている人々の実態が見えて来ない。多くの人々が住宅ローンを終えた頃に僅かな退職金を得て人生を終わることには矛盾を感じてしまう。

田舎から都会に出て成功した人達が田舎に別荘を持つ。であれば田舎暮らしの人達は最初から成功者なのだ。人間は何と回りくどい生き方をしているのだろう。だからリアルな世界とは自然と共に生きる暮らしの中に存在するのだと思う。都会に大きな期待をしていた謙治の目に映ったビル群は、砂漠に浮かぶ蜃気楼のような世界だった。

謙治は失意の中で新たな人生に活路を模索し始めた。美術家として海外脱出をとも考えていた。そんな矢先、妻の弟である秀春君が体育大を卒業して就職していた。『どんな仕事をしてるの?!』と尋ねると『運動器具の販売会社の営業です』と答えが返って来た。

更にこの間、幼稚園に跳び箱や平均台とマットを納めた時に、『誰か運動を教えてくれる人を知りませんか?』と尋ねられたとのことだった。すかさず謙治は『幼稚園に体育は無いの?』と聞くと『無いみたい』と言った。

『無いのか! だったら私が創ろうか!!』と謙治が答えた。既存の教育には興味がないものの、新しく創造する世界にはふつふつと意欲が湧いて来た。何時かは学術の領域に踏み込んでみたいと考えていたからだ。

自然に一番近い人間である幼児と、自然発生的な教育である体育は、謙治の自然観で統一された思想の範囲内でもあった。早速、謙治は教育要領と幼稚園教育指導書を取り寄せた。更に、基礎科学（学問）を如何にして身を起こすかを研鑽することになった。

本質を求めて

謙治が出会った基礎学問は《大脳生理学》で、著者は時実利彦と言い脳科学のレジェンドであった。その次は《運動生理学》で著者は猪飼道夫で、やはりこの道のレジェンドであった。これで、取り敢えず頭と体がつながった。教育学や体育学系の文献はもとより、ブッテン・ブロックの「感覚の世界」やポール・ショシャールの「精神身体医学」や、同じく「言語と思考」など多くの名著とも出会い書庫を埋めて行った。

中でも時実俊利著の『脳の話』の中の一行に血液量の配分が記されていた。それは、大人の血液量の配分が頭に三十%と身体に七十%に対し、幼児は何と《五十%対五十%》なのであった。この記述は、新潟県の糸魚川市のヒスイ海岸で既に取り尽くされたであろう膨大な石ころの中から純度の高い「輝くヒスイ」を見付けた様なものだった。血液量の配分は幼児教育の原石を発見した思いで、謙治は心の中で『ヤッター』と叫び声を発した。つまり、幼児教育とは知的身体的に同時発達をさせる教育のことで、幼児達もそのことを待ち望んでいたのだ。

幼児体育とは「身体の側からの幼児教育」のことで、やがて、時を経てその「理論と実際」は全国展開を見せることになった。現場を観たとある幼稚園の園長は職員を集めて「皆さん、今日観た体育指導を幼児教育と言うんですよ」と話した。

また、台湾から日本の幼児教育の現状視察に訪れた一行が、偶然にも目にした現場が当方の指導風景であった。驚いた台湾幼稚園協会の理事長は「これが本物の幼児教育だ！」と叫び、その後、毎年視察に訪れる行事となった。

「幼児の高さになる」と言う格言があるが、その意味は幼児と教師の人格を同じにすると言うことで、分け隔てのない愛情のある教育を遂行することにある。教育の本質とも理想とも言える森本教育の評価は瞬く間に周囲に広がり、特に保育科を有する大学や保育短大の附属幼稚園からの多くの依頼を得た。謙治が主催する団体に席を置く職員であり、謙治の教え子達は大学での特任講師に招かれるまでに成長していた。人間が生まれて来る理由は「自分以外の人々を幸せにすること」にある。その意味では、幼児体育の創始者としての森本謙治は世の中に少々の貢献ができたかも知れない。

第十章　新たな挑戦

運命の出会い

教育が軌道に乗ったところで、長い間憧れていた沖縄の海に出かけることにした。沖縄のホテルに着き夕食を済ませた後、どうしても海が見たくて、ホテルに待機していたタクシーの運転手に『海に連れて行って下さい』と言った。その返事は『お客さん、もう八時ですよ。今から行っても海は見えませんよ』だった。なので『波の音聞くだけでも良いので』と告げると『行くのは良いですが帰りのタクシーはありませんよ。明日私がゆっくり案内しますよ』と言われた。謙治は美しい海とその自然に飢えていたのだ。

翌朝、約束の時間にホテルの前に現れたのは、昨夜の人ではなく『約束した本人の都合が悪く、私が代わりに来た川根と言います』……だった。私は、観光ではなく海に潜りたい旨を伝えたところ、観光タクシーの川根さんは『これ見て下さい！』と車のトランクを開けた。そこで目にしたのは、水中メガネ・シュノーケル・フィン（足ヒレ）のいわゆる三点セットだった。『私も海が大好きなんです』とニッコリ笑った。

彼が連れて行ってくれたのは「コマカ島」と言う名の知念岬から目と鼻の先にある無人島だった。朝十時に渡し船で送ってもらうと迎えに来るのは夕方の五時だった。人気は全く無く島は貸し切り状態だった。

さっそく身支度をして海に入り水面から水中へと目を移すと、そこには想像を遥かに超えた美しいサンゴ礁が出現したのだ。

テーブルサンゴに紫色の枝サンゴ……その先端はブルーの蛍光色を放っていた。さらには、チョウチョウウオやツノダシやコバルトスズメダイなどのトロピカルフィッシュが群れていた。島は知念村が管理し自然環境が保たれていて、そこは正しくこの世の楽園だった。謙治は熱い感動と共に沖縄とその海に魂を奪われてしまった。

ウチナー（沖縄）とナイチ（本土）の海好き人間が出会って、瞬く間に双方の距離が縮まって行った。その後の沖縄行きは仕事抜きの家族ぐるみの付き合いになった。年に一・二回の五泊六日の沖縄行きは両家族が休暇をとって自然を満喫していた。日頃のストレスを清らかな海水に流して、本来の人間らしさを取り戻して行った。

嵐山渓谷

川根さんが我が家に遊びに来た。『何処に行きたい』と尋ねると『川釣りがしたい』とのことだった。なので渓流釣り行きが決まった。沖縄には川が少ないからだ。

関越自動車道の東松山のインターチェンジを出て二十分位の所に「嵐山渓谷」の支流があり、殆ど人に知られていない取って置きの渓流釣り場があった。その渓谷の橋を渡った直ぐの脇道を進むのだが、そこは人一人が通れる程の獣道の様相を呈していた。突然、川根さんが『マムシが出そうだなぁー』と呟いた。

釣り場は、その小道の行き止まりを、岩の上を幾つか伝って降りた所にあった。川幅は七メートル程で、周囲は木々に囲まれていて静寂で幻想的な場所だった。聴こえるのは「シトシト」という清流の音だけで、流れに段差のある箇所からは「ポトポト」という音が混じって聴こえた。贅沢な音だった。

釣れるのはヤマベ（オイカワ）が中心で時折ウグイやフナが釣れた。ヤマベの雄は体長十五センチほどの大きさで産卵期には婚姻色に輝きとても綺麗だった。仕掛けは振り出しロッドに六号の道系に小さなウキとハリの仕掛けで十分だった。滅多に釣り人が来ないので魚達に警戒心が無いのか面白い程釣れた。釣った魚は全てリリースした。

自然に感謝の意を込めてその場を後にし、元来た橋のたもとに出ると、川根さんが『あれ！　マムシじゃない‼』と叫んだ。よく見ると車にひかれたヘビが道路に横たわっていた。それはまさしく「マムシ」であった。彼の予感が絵に描いたように的中したのだ。今まで考えたことが無かったので急に恐くなった。その後、その場所に行く時は、竹の棒で周囲の藪を叩きながら警戒音を響かせて進むことにした。元々はヘビ達の通り道であり、車にひかれたヘビは、人間が獣道を遮断したことによる勝手が要因なのである。

川根さんが帰った翌年、彼の家を訪れた際、道路脇の塀越しに一人の男性からお辞儀をされた。その日の夕食時に先程の男性が泡盛の一升瓶を携え『その折はどうも‼』と言って現れた。聞けば、川根さんの上京時に空港まで一緒に来た仲間の一人で、空港で私を見かけたと言うだけのことだった。《イチャリバチョーディ》の始まりだ。

イチャリバチョーディ

「一度会ったら兄弟」……それがイチャリバチョーディの意味である。沖縄ではそのことを数多く体験した。ある年、何時も通り家族分のお土産を用意して訪問したところ、川根さん宅が新築中であった。そこで、紹介された先が「民宿仲村」であった。五日間の日程を川根一家と民宿の主人を交え豊かな海と戯れた。その頃、謙治は一番薄手のウエットスーツを着用し二キロの錘を腰に付け、水中ナイフを携えた装備で素潜りを楽しんでいた。

海底には時として魚網が沈んでいて、ナイフはフィンが絡まった時に切り除くためである。また、大きな「シャコガイ」が海底で開いている時は、その模様が底生生物の色に同化していて目が慣れていないと見分けが付かない。ウッカリ踏んづけてしまうと瞬時に閉じて足を挟まれてしまう。そんな時は貝柱を切らないと足が外れないからだ。

民宿のご主人からは『森本さんは海に慣れてますね』と言われた。しかし、本人は慣れているというより用心のための装備だった。例えば、ウエットスーツを着用していないと首から背中、大腿部の裏から脹脛まで日焼けをし火脹れを起こすからだ。

　川根さんや民宿の主人は素潜り漁の名人で、夕食時には海の恵みで賑わった。謙治はせいぜい貝類や紫ウニの採取の程度だったが、そのウニを海岸でフォークとナイフで半分に割り、中のワタの部分を海水でジャブジャブと洗い流すと、オレンジ色のウニがカラの内部に残る。それをスプーンですくって、クーラーボックスで冷やしてあったビールを飲みながら食べるのだが、その味はさっぱりしていて水々しく格別の味だった。川根さんと『美味しいね‼』と歓声を上げながら、家族の分をフードキーパーに並べて持ち帰った。民宿の食卓に並んだウニをまた食べてみると、その時はすでに濃厚な「これがウニだ」という味に戻っていた。僅か一時間後の変化に驚いたものだ。

　また、採取した「モズク」をボールに入れ氷で冷やしたものを箸ですくって三杯酢に浸して食べるのだが、正にモズクソーメンであった。ソウメンよりはヒヤムギ位の太さがあったので、食べ応えがあり幾らでも食べられた。五日間の自然を満喫してお会計をお願いしたら『二万円です』と言われた。自分の耳を疑るように『どうして二万円なんですか?』と尋ねると、その答えは『息子がお世話になったので』だった。

サバニと言う沖縄の船もよく出してもらっていて、その船代にも満たない形だけの宿泊料だったので『きちんと請求して下さい』と言ったが『息子がお世話になったので』と譲らなかった。

「民宿仲村」とは、川根さんの上京時に我が家で一夜だけの宴席を共にした、彼の友人である仲村さんの父親が経営する宿だったのだ。沖縄では人間性の原点の勉強をさせて貰うことの経験が続いた。東京での世知辛い暮らしが「いじましく」「恥ずかしく」さえ思えた。

遭難

川根さんから『船を作ったから来ませんか』という誘いの連絡が入った。彼が住む平安座島の有志で中古船を買い、アクリルとグラスファイバーで補強したり継ぎ足して使い勝手を良くしてあった。美しく塗装がしてあり、とても素人達で仕上げたとは思えない出来映えであった。

早速、有志一同と海中散策に出かけた。驚いたのは島のインストラクターの元で川根さんがスキューバーダイビングのライセンスを取得していたことだった。波の上と下に分れてしまっては具合が悪かった。なので、翌日は海底を移動する面々とは別行動を取ることになった。そのことが大きな災いを呼んだ。

時間を忘れ海と戯れていた謙治が「ふと気がつくと」船が遠くの波間に二センチ程に見えていた。潮に流されてしまったのだ。そこで、船を目掛けて必死にフィンを稼働させるが、海底を観ていると三十センチ程度も進んでいない。このままでは力尽きて遭難するかも知れないという恐怖を覚えた。

そこで謙治は、海底を斜め前に潜り底生生物を観察し、斜め前方に浮上し息継ぎをして、また潜る……というジクザク動作を繰り返すことにした。海底はことの外潮の流れが無かったので楽しみながら進むことに気持ちを切り替えた。

その行為を三十分程繰り返すとようやく船が近くに見えて来た。船上から手をかざしてこちらを見ていた人影が波間から消えた。やっとの思いで船に辿り着くと、川根さんから『森本さんを発見した時は、腰が抜けて倒れてしまったよ!!』と言われた。なので『ごめんなさい！　ごめんなさい!!』を繰り返した。

遭難とは大小に関わらず何故か恥ずかしいものなのだ。自己責任を感じるからだろう。しかしながら、謙治は悪魔の誘いのような生命の危険に晒される状況には滅法強かった。帰京後は、早々にライセンスの取得に挑戦した。

仏教用語に「因縁果」と言う教えがあると聞く。「ものごとの原因は人との縁により結果が生まれる」ことの意味だ。沖縄と当地の人々との出会いとライセンス取得は謙治の美術家人生を大きく変えて行くことになった。正に因縁果となった。

リセット

講習を受けることになった謙治は自分の素性を表に出さない事にした。美術家で教育家では周囲の人達から敬遠されかねないと思ったからだ。と言っても、一般的にオーラと言われる生体エネルギーが出ていたことには変わりなかった。

ダイビングショップの社長と初対面の時に『森本謙治と言います。宜しくお願いします』と挨拶したら、その社長は『安子！　なんで紹介しないんだ』と奥さんを怒鳴り、次には、店のインストラクター達に当たり散らして、その場を立ち去ってしまった。車での帰り道、同行した当方の職員に『私はニコニコしていたのに何で怒り出したんだろうね』と言うと『そのニコニコが怖かったんだと思います』だった。

社長と言われる人物は、図体は大きく顔もイカツイのに気の小さな男性であった。だから、講習を受けることと同時に、先ずは社長を手懐ける必要があった。こちらから積極的に話しかけたり冗談を飛ばしたり……と、そのことは周囲の人達に対しても同じ気配りが必要だった。講習は主に伊豆の大瀬先で行われた。そこは湾になっているので海のコンディションが安定していて、ダイビング講習のメッカと呼ばれていた。いざ講習が始まるとスキューバーは思いのほか重装備で、ウエットスーツの締め付け感に加えて皮膚呼吸が出来ない。水中メガネを付ければ視野が狭くなり、腰には錘を付け、酸素ボンベを担ぐことは重労働であった。

海に入れば、閉塞感が強くレギュレターでの口呼吸は苦しいものだった。景観を楽しむ余裕など更々なく、浮力調整と身体のコントロールが出来るまでには相当の時間を必要とするようだった。それでも、その日のスキルをこなした時の達成感と開放感は格別だった。そして何ものにも変え難かったのは、教育者としての重圧から解放され、自己をリセットする良い機会になったことだ。

『森本さんは誰とでも話が出来るんですね』……と、周りの人達から言われた。周りの人とは、高校生から三十代位の人達だった。その言葉には、通常の世界に戻った感があって硬くなっていた人格が徐々に解れて行った。ライセンスのランクは、職業ダイバー以外の人が取得する最高位の「マスタースキューバーダイバー」だった。

第十一章　新境地

精霊の囁き

ライセンス取得後は有名ダイビングスポット巡りのツアーに参加した。国内を始め、海外へは、グアムに始まるミクロネシア圏とトラック諸島からスミラン、フィリピン諸島へ、グレートバリアリーフやからモルジィブから、遠くはレッドシーまで足をのばした。ただし、謙治は海が発する膨大なメッセージを受容するまでには至っていなかった。

ある日、講習の途中で、タンクの本数が未だ十五本（一回の潜水を一本と言っていた）の初心者が、トラック環礁の「最上級者向けの沈船ダイビング」に無謀な挑戦をすることになってしまった。その海底には、太平洋戦争当時の日本の船が多く沈んでいた。中でも特設航空機運搬艦であった全長百三十三メートルの「藤川丸」が有名であった。

『マットの先端が海面に出ているのが藤川丸ですよ』とガイドが指差した。そのマットに沿って潜り、船の甲板の先端までの往復でタンク一本のエアーを消費した。船底までの水深が三十メートルあり、魚雷を被弾した時の大きな穴がポッカリと空いていた。ダイビングの拠点は捕鯨船をホテルに改造した船内で寝泊まりし食事を摂っていた。

　その日の二本目は船尾を潜り、三本目はナイトダイビングで、再び藤川丸を目指すことになった。今度は船室巡りだった。現地のガイドは、船室に入ると先ずは水中ライトで部屋の四隅を照らし空間の広さを認識させ、最後に入り口を照らした。ダイバー達をパニックにさせないようにとの配慮は気が利いていた。

　部屋の奥にはトイレが有り生活感を滲ませ、床には食器類やそのカケラがあちこちに散らばっていた。インク瓶やライフルの薬莢も落ちていた。その床に無数の遺骨が横たわっていたことを想像すると言い知れぬ恐怖が襲ってきた。精霊達の声が闇夜の静寂を割って「サラサラ」と耳元をよぎった。『この恐怖は本物だ』と謙治は心の中で叫んだ。

　薬莢の一つも持って帰ると罰金が五十ドル課せられることを聞いていた。記念に持ち帰る人達が多く居たからであろう。と言うことは、当時はもっと生活感を目の当たりにしたに違いない。船上では、我々日本人とアメリカ人が同居して居て食事を共にし、つたない英語で和気藹々と語り合っていた。戦争当時は敵味方だった筈なのに、そのことに帰国するまで気付いていなかった。自然の脅威の方が勝っていたからだろう。

押さえ潮

トラックの沈船タイプとは一転して陽光の眩しく美しい海に潜ることになった。そこは知る人ぞ知るモルジィブの海だ。海底にはソフトコーラルやハードコーラルがお花畑のように咲き乱れ、その合間をトロピカルフィッシュ達が優雅に泳いでいた。中空にはオレンジ色のキンギョハナダイが群れていた。

謙治は潮の流れに身をまかせ、楽園とも言えるそのサンゴ礁を通り抜けざまにパチリとシャッターを押した。その頃、謙治の手にはカメラが握られていた。趣味程度に始めた撮影だったが良い絵が撮れていた。

翌日は、リーフに出ることになった。船をとめたその時、ガイドが『シャーク！　シャーク!!』と大声で叫んだ。海底を覗きこむとサメの群れがウヨウヨと泳いでいた。海で見る最初のサメだった。ガイドは『さあー皆さん、支度をして入りましょう』と言った。サメは怖いと言う印象しか無かったので、謙治は『えっ！　入るの!?』と心の中で呟いた。恐々としながら潜り始めた時サメの群れは去っていた。

しばらく海底を進むとガイドが両手を広げ仁王立ちになってストップをかけた。その先にあった光景は、サメやイソマグロに加えアジが群れていた。その壮大さと驚きで身が震えた。一大パノラマ、一大ページェントに圧倒されていると、横幅が七十センチはあろうかと思われる一匹の大きなサメが興味本位に目前まで迫ってきた。思わずファインダー越しにシャッターを切るとストロボが同調して光った。その時、サメはもんどり打って退散して行った。サメは目が退化していて光に弱いらしくホッと一息ついた。

翌日は、グライドと言うポイントを潜り、帰路に着く途中で突然海底に引き摺り込まれてしまった。潮が岸壁に当たり行き場を失って勢いよく下に落ちる「押さえ潮」と言われる現象だ。頭を押さえられ一気に海底三十メートルにまで落とし込まれるからだ。そんな時は人力では浮上出来ないので海底を横に移動し潮の切れ目を探すのだ。

やっとの思いで浮上すると、今度は水面近くが川の急流の如く流れていた。水面下で減圧をするのだが、それどころではなく浮上した。謙治は大海原で一人ぼっちになった。あわや遭難かと思いきや遠くを通りかかる船を見つけ助けを求めた。

水面も潮が流れていたので、やっとの思いで船に着きタンクを掴んで引き上げて貰いながらラダーを登った。謙治は装備を付けたままその場にへたり込んでしまった。船が暫く進み謙治が起き上がると、仲間達が一塊になって浮いて居て皆無事だった。謙治だけが遠くに流されたようだった。

その夜、風邪を引いたらしく高熱を出してしまい、翌日はさすがにリタイアをした。次の日は、またグライド行きになった。恐怖が蘇り「悪魔の誘い」に思えたが、もしキャンセルをすればダイビングを永遠に止めるかも知れないと感じていた。行くか止めるかの二者択一を迫られ、熱が未だ残っていたにも関わらず決行することにした。しかし、その日に限って海はウソの様に穏やかだった。

幻想光景

サメとの遭遇が怖くて面白かったのはパラオの海だった。パラオは五百以上の群島からなる親日国で、旧首都のコロール島から更に船でダイビングの拠点となる小さな島に移動した。群島の周辺の海の深さは平均で四百メートルもあった。私達は、水面下八メートル位のほんの表層を移動していたに過ぎなかった。

初日のその海は「ビッグドロップ」と言うポイントだった。岸壁には多種のサンゴがビッシリと張り付いていた。垂直状態のサンゴ礁は壮観だった。魚達も沢山群れていた。海底を覗くとブルーの澄んだ海が、徐々に紺色から濃紺へ、更には漆黒の海底へと続いていて、吸い込まれる様な感覚に、思わず『うわー怖い』と叫んでしまった。

しばらく進むと、今度は岩棚で休んでいたサメが人の気配を感じたのか飛び出して来た。鉢合わせになった謙治がサメを右に避けるとサメも右に、左に避けると左にと、それを繰り返したサメは垂直に下方向へ潜って行ってくれた。

海ではサメの方が遥かに俊敏だった。サメも人間と同じ行動をすることが「おかしいやら怖いやら」で身震いがした。

サメは目が退化している代わりに嗅覚が鋭いのだ。だから人の気配ではなく匂いを感じたのだろうと思う。

ついでに、サメの嗅覚で思い出したのはタヒチの海だった。海に突き出たコテージに着くと海は濁っていたが、暑さ凌ぎに仲間達は海に飛び込み泳いでいた。その翌日は海が澄んでいた。レストランからステーキを一センチ角に切った数個を持ち帰りその一個を海に投げると、体長百七十センチ程の、初めて目にする「オレンジ色」のサメがウヨウヨ集まって来た。

たった一センチ角の肉片の周りを、一番大きい一匹のサメが警戒しながらぐるぐると周ってから口にした。サメの嗅覚は驚きだった。昨日は海が濁っていたがサメが居たに違いない。泳いでいた仲間達は恐怖におののいていた。

話はパラオに戻るが、ある日の夕食後、一休みしていると、ガイドの一人が『大変ですよ！　森本さん来て下さい‼』駆け込んで来た。木組みで作られた桟橋に着くと、その下を無数の夜光虫が虹色の光をキラキラ輝かせ天の川の如く流れていた。夜空には水平線にまで届く星々がビッシリとキラキラ輝いていて、地球を取り巻く宇宙の姿が容易に理解出来た。満天の星々と虹色に輝く夜光虫の流れは、人知を遥かに超えた美しさだった。思わず『何だ、これは!!』と叫んだ。その神秘的光景を謙治は心の奥深くに封印した。

波　動

約三年の歳月をかけて世界の海を一周し、ダイビングの殆どのスキルを身に付けた謙治は本格的に「海中アート」に取り組むことにした。そこで以前から心にしまってあった沖縄のケラマ諸島に出かけた。最初に潜ったのは座間味の海だった。

ブルートパーズに輝く水面から海底へと目を移すと、そこは煌めく魚達が優雅に泳ぐサンゴ礁と言う名の楽園だった。水面を見上げると太陽の光が燦々と降り注いでいた。だが、その美しい光景の中で謙治が感じたのは、命の《ざわめき》や《おののき》や《もののしさ》と言った、得体の知れない感覚だった。

謙治は『一体これは何だ!!』と声にならない叫び声を上げた。透き通った水にカラフルな魚達が優雅に泳ぐ光景が、何故か重たい感覚に変化したのだ。それは今までのあらゆる雑念から解き放されて、人間がピュアで冷静さを取り戻した時に初めて感じた現象だった。太陽が水面でキラキラ輝くことは地球が丸く、海水が巨大な凸レンズとなって引き寄せていたためだった。宇宙を近くに感じて壮大な感覚が加わった。

それらの感覚は、実は量子力学による万物が発する波動（エネルギー）だったのである。この世に存在する総てのものは量子状態にあり､光を伴った粒（素粒子）が波の性質を持ちエネルギーを発していたのだ。謙治が感じた膨大なエネルギーとは、海底の岩やサンゴや海藻や魚達が発する波動というエネルギーだったのである。加えて海面に引き寄せられた太陽がエネルギーを増幅させた。

生命の原形が海中に出揃ったカンブリア紀を経て、謙治の意識は遥か宇宙の誕生へと一気に遡って行った。それら生命伝承による深遠で壮大な海中に身を置くことにより、従来の芸術概念は一掃され《森本アート》と言う新概念が構築されたのである。言わば、自然科学を造形化し彩色して作品に封じ込めたものでもあった。

とある美術館での個展の初日のことだが、謙治が会場に足を一歩踏み入れた瞬間、強烈なパワーを感じてのけ反ってしまったことがある。一枚一枚の作品に封じ込められた五十点のパワーが一気に押し寄せて来て、本人が自己の作品のパワーに圧倒されてしまったのだ。観客の中にも感受性の高い人が居て『パワーが凄くて最後まで観ることに耐えられなかったので、続きはまた出直して来ます』と伝えに来た方がいた。また《癒しとパワーを同時に感じられる》と相反する感情を多くの人が顕にした。《ガンが完治した》と言う本人が訪ねて来て直接会ったり、《末期ガンの親が書店で買い求めた謙治の作品集を観て延命した》と言う家族から《仏壇に入れておいてあげたいのでサインをお願いします》と訪ねて来た方もいた。《病気見舞いに》と作品集を買い求める多くの人達にも出会った。それらは森本アートに込められた《エネルギー》によるものだった。

美の原風景

『宇宙には何一つ欠けているものはなく総てのものは繋がっていたんですね』と語ったのは、後に謙治の個展会場を訪れた十七歳の男子高校生だった。謙治の作品を見ただけで、それだけの感想を述べた直感力は驚きであった。その時、謙治は『この青年は、世間から抑圧されるか、成功するか、あるいは真実を伝える者が人々に恐怖を与えるかの、何れかの存在になるであろう』と心の中で思ったものだ。

沖縄の離島の海を一通り潜った謙治は、撮影拠点をケラマ諸島の座間味と赤島に定めて本格的な活動が始まった。幸いなことに、某カメラメーカーのＲＳという水中専用の一眼レフが開発されていた。水中ではレンズ交換が出来ないので、接写レンズと、標準レンズと、魚眼レンズをセットした三台を目的に合わせて使い分けた。中でも十三ミリという魚眼レンズは大活躍だった。人間の目の視野が六十度であるのに対し、そのレンズの視野は百七十度と広く、歪みも最小限に抑えられた大変優秀なレンズだった。海底二十六メートルでの被写体と太陽を同時撮影することが出来たからだ。

ＲＳ以外には、陸上用カメラをセット出来る「ハウジング」という海水からカメラを守るケースも販売されていた。それを二台用意し、合計五台を現場に持ち込んでいた。ハウジングはズームレンズ付きのカメラが使えて便利だった。フイルムもまた世界に名だたる高画質な「ベルビア」というポジフイルムが存在していて幸運であった。デジカメと違って臨場感や味わいが深く今でも愛好家が多い。

しかし、謙治の作画を芸術の域にまで高めたのは、何と言っても十三ミリの広角レンズであった。世界で初めてと言える「太陽をモチーフ」にした作品を誕生させたのだ。美術家ならではの構図の撮り方は絵画的であり絵画以上であるとも言われたのは、謙治の原点が彫刻家であり、三次元的感性が加わっていたからだった。

謙治が体感した海中の原光景は従来の芸術概念を一掃することになった。その新ジャンルを《美術写真》と称したが、それは写真でも絵でもなくアートそのものだった。美術記者が『絵画を超えてますね』と言ったことの所以である。

後のヨーロッパでの個展時では『彫刻家の森本氏です』と紹介され決して写真家とは言われなかった。

第十二章　出る杭は打たれる

激震

海に潜ってから五年目に第一回目の個展を開いた。会場は池袋のとある展示会場で、通常は団体展が行われている大会場だった。彫刻家である以上、サンゴと波をテーマにした大作の五点も同時発表した。その施設にはコンサートホールや小劇場もあり多くの人が流れて来た。一般の人々の中には外国人も多く、家族連れに『記念撮影をお願いします』と頼まれたり、インド人の女子高生は『貴方の作品は素晴らしいです』と、緊張した趣で伝えに来た。勇気を振り絞って来た様子がうかがえて嬉しかった。また、ある外国人は、ひとしきり作品を評価した後で、おもむろに名刺を差し出した。そこには某大学の物理学教授の肩書きがあった。日本人とは逆のパターンに思えた。

テレビカメラのインタビューに応じていた大学時代の先輩氏が『彼の作品はアートの中に科学を感じますね』と答えていた。三次元的思考力を有する彫刻家の言葉はさすがだった。個展は出来るだけ大きな会場をと謙治は考えていた。将来を見越した大陸的な考えからであった。展覧会は大成功に終わった。

次に来た個展の話は有楽町にある、大手のフイルムメーカーの運営するギャラリーからであった。A・B・Cの三つの展示会場で構成されていて、Aは団体展用で、BとCが個展会場用だった。謙治は『三会場の全てを使わせてもらえるなら』と仲介者に伝えたものの周囲の人々の手前無理があると諭され『A会場だけなら何とかします』と返答された。そのA会場での個展ですら初めての試みだったようだ。

結果は、アマチュアからプロまで大勢の観客が押し寄せて写真界に激震が走った。それもその筈、謙治の作品は表現メディアは写真だが、その内容は自然科学を純粋美術のカテゴリーに封じ込めたものだったからだ。

その直後、日本写真家協会から「貴殿のお力を是非お借りしたい」と言う合同展の招待作家としての通知が届いた。更には、ダイビングフェスティバルでの講演とホスト役にと依頼されるも、ことごとく消滅した。既存の作家による自己保身のための妨害だった。《出る杭は打たれる》の暴挙が続くことになったが、謙治は《出る杭は打たれる・されど出る》をモットーに快進撃を始めた。

破顔一笑

《海には地上にある総ての色彩が揃っていた》このことも謙治が大変驚いた事実であった。今までの情報は紫外線を帯び「青かぶり」をした海中の写真だったからだ。特に暖色系の赤いサンゴなどは茶褐色になり水中ライトを当てることにより見事な赤色が浮かび上がった。そのサンゴの名を「琉球イソバナ」と言い、沖縄には地上にも見事な真紅の色を誇る「デイゴの花」があった。双方の赤の色に衝撃を受けた。

その他、海にはソフトコーラルと言われるカラフルな「トゲトサカ」や「ウミシダ」と言われる生物が生息しており、多種のコーラルフィッシュを加えて、海は想像を絶した色彩に溢れていた。沖縄の人々でさえ知らないであろうこの海の美しさを、是非、地元の人達に知って貰いたいという一念から沖縄展を決意した。

当スタッフが大手の航空会社の協賛を取り付け、直系のホテル五社の巡回展が企画された。最初の会場は那覇の首里にある当時としては最も豪華な作りの

Gホテルだった。打ち合わせには社長が立ち会ってくれた。『森本謙治です。宜しくお願いします』と挨拶した。

社長は早速支配人のS氏を呼んでくれた。『君、宜しく頼むね』と切り出した途端、意に反して『結構ですが、一日三十万円の会場費を頂きます』だった。どうも本社からの意向が伝わっていなかったようだった。『そんな事言わず何とかしてくれよな』の社長の言葉に対しても『うちは他のホテルとはグレードが違いますから』『受付等のスタッフもそちらで用意して下さい』と一歩も譲らなかった。

丁度、大手新聞社が発刊している週刊誌の見開きグラビアに謙治の作品が連載されていて、その第一号が届いていたので、謙治の著書と合わせてロビーで会ったS氏に『お暇な時に目を通して下さい』と手渡した。また、運が良いことにロビーの片隅に小さな新聞の切り抜きが貼ってあった。その内容が、ホテルに紛れ込んだマングースにS氏が餌を与えていたとの内容だった。そこで謙治は『新聞の記事読みましたよ‼　Sさんはお優しいんですね』と伝えた。その後、事態は一変してS氏から『会場はご自由にお使い下さい！　スタッフも必要なだけお使い下さい!!』と伝えて来た。あの意地悪そうな表情が「ニコニコ顔」にほころんだ瞬間だった。

引き寄せ

会場が決定したので、沖縄県庁に後援の依頼に出かけた。現れたのは県の政策調整官であり知事公室長の高山朝光氏だった。彼は部下を呼び『後援を頼まれたので宜しく』と告げると、その職員は『自治体は個人には後援は行わないことになってます』と答えが返ってきた。高山氏は『君、それは書類上の問題だから、例えば、奇跡の海沖縄展……とでもしておきなさい』と一蹴した。職員が立ち去った後、高山氏は『タイトルは個人名だけでも結構ですよ』と言われた。その機転の効いた対応はさすがだった。

高山朝光氏との出会いは、謙治のその後の運命を大きく変えて行く事になった。それは量子力学による引き寄せの法則に外ならなかった。つまり「意識のあり方次第で現実が変化し望ましい出来事を引き寄せる」ということである。高山氏は、太平洋戦争時の沖縄戦での全ての戦没者に、米兵の名までも加えた石碑「平和の礎」（へいわのいしじ）の設置に尽力した後も、沖縄ハワイ協会の会長を歴任するなど、多忙な役職に身を投じた沖縄県の功労者であり、政治家と言うよりは文化人だった。

『森本謙治・奇跡の海沖縄展』の初日を迎えると、新聞・ラジオ・テレビの取材陣が押しかけて来た。あるラジオ局のキャスターが『どこが奇跡の海なの？』と言いながら会場に入ってきた途端『これは奇跡の海だーっ‼』と叫び声を上げた。

支配人のＳ氏は、取材を終えたマスメディアの方々を順にレストランに招待して「てんてこ舞い」だったことを後で語っていた。また、Ｇホテルの名前がメディアに連呼され記事となった思わぬ宣伝効果にＳ氏の態度はすっかり様変わりした。

初日の夕方の七時からレストランを借り切ってレセプションが行われた。沖縄の名士を始め、その日の取材陣までが訪れ超満員になった。驚いたのは、参加者全員が挨拶に立ったことだった。高校生を含めた人々の挨拶は、誰もが「名文句」だった。何故こんなにも挨拶上手なのかを考えたら、それは話に「心がこもっていた」からだった。沖縄で最初に出会った川根夫妻も来てくれて『私が森本さんを沖縄の海に導いた張本人です』と堂々と挨拶をしていて驚いた。沖縄の方達は人の集まる場所では、子供の頃から「挨拶をする」という習慣があったようだ。

　レセプションの間も展示会場は開かれていたので、東京から来たという観客がどうしても作品集にサインが欲しいと入り口に立っていた。その彼にも泡盛の水割りが渡され、司会者に『あなたも挨拶して下さい』と言われた彼はさすがに戸惑っていた。勿論サインには応じたが、いかにも沖縄らしい一コマであった。レセプションは九時までの約束だったが十二時近くまで誰一人帰らなかった。美しい海の世界と泡盛効果だった、謙治は沖縄の人達と沖縄の海に多少ながら恩返しが出来た事を嬉しく思っていた。

心の琴線

沖縄の一ヵ月に渡る夏季での巡回展は台風とも重ならず無事終了したが、一息つく間もなく次の個展の話が舞い込んで来た。銀座にある日本の最大手の画商が経営するN画廊からだった。日本の主だった作家の絵画が一同に集められていたので、森本アートと比べて貰うことが出来る良い機会だった。

その画廊は、奇しくも杉原教授が過去に手の込んだ嫌がらせをした「S会展」が開催された場所だった。しかし、そのことを謙治は思い出しもしなかった。N画廊での作品発表は、その傘下にある笠間の「公益法人N美術館」での個展の前哨戦のような意味合いで行われ、マスメディアとの対応の機会でもあった。合同記者会見後に美術雑誌の三名の記者が各々一人ずつ謙治の耳元で『絵を超えてますね』と小声で囁いた。小声だったのはN画廊が各雑誌広告のクライアントだったからだ。

続けて開催された笠間のN美術館は、丘陵地に三ブロック分けて建てられていて、一階と二階が企画画廊で謙治は百点の作品を展示した。真ん中の建物は、ルノアールやゴッホやゴーギャンと言った、ヨーロッパの近代絵画の常設館で、最上部のアメリカ館には、アンディ・ウォーホルやロバート・ラウシェンバーグやジャスパー・ジョーンズなどのアメリカのポップアートの旗手達の作品が並んでいた。入り口は一階と最上館の二カ所にあった。

謙治の作品を見た後、最上部まで上がって行った人達の感想は聞けなかったが、上から順に観賞して来た人達は一様に驚きの様子であった。

感想ノートに記された内容には《ヨーロッパ館までは何とか見終わったが、謙治の作品に触れ感動して背筋が伸びた》とか《京都芸大の学生ですが、芸術が何かを考えさせられる機会になった》とか《アメリカ・ヨーロッパ館を観て足腰が痛くなったが二階・一階へと降りて来た時は、足腰の痛さなど何処かに消えて一点一点を感動しながら観ました》と記した後、学芸員に『作家に会えるなら是非会わせていただけませんか』と伝えてきた。そのことが、たまたま美術館のティールームに居た謙治に伝わり、お会いしたのは母子の三人連れだった。母親は目に涙を浮かべ感想を述べてくれた。それはメディアのどんな名文にも勝る嬉しさだった。作家個人の心の琴線に触れる感想は一般の方々だった。

森本謙治展の前が『魯山人展』で、その後が『ジャスパー・ジョーンズ展』だったが、その誰よりも観客動員数を上回る結果を出すことになったのは「森本アート」に秘められた内容であったようだ。

八千人の観客動員数がN美術館の過去の大台とのことであったが、謙治の数は七千五百人と少々不足したが、その夏は冷夏で雨続きだったので、天気に恵まれていれば優に一万人は超えていたと思われた。その証拠に、N画廊からは半年も経たない内に再オファーが入って来た。だが、あいにく次の予定が決まっていた。

飛躍

『森本さん海外展に興味ありますか?!』と高山氏から連絡が入った。そろそろ海外進出かなと考えていた折りでもあり『勿論です。宜しくお願いします』と返事をした。高山氏は『ニューヨークの国連本部に、広報部長の同期生が居るので連絡を取ってみましょう』であった。その後、早速資料を送ることになり、その結果は『国連本部のギャラリーであれば何時でもどうぞ』……と、広報部長から高山氏に連絡が入った。

その時点で謙治は考えた。国連とは言え戦火の匂いが色濃く漂っているので、謙治の作品には向かないことに気付いたのだ。贅沢な話かも知れないが断念することにした。如何に魅力的な話であっても人生には思い切った舵取りをしなくてはならない時があるのだ。その決断は謙治の世界を大きく変えて行くことになった。

その後、再度、高山氏から『ワシントンDCにもハワイ大学留学時代の同期生がいるので連絡を取ってみましょうか?』と、思いがけない連絡が入った。

その同期生は、大学教授のＤｒビクター・オオキムと言い、奥様も美大の教授であった。

奥様の名前をビクター・コメリアと言い彫刻家であった。彼女は、ワシントン在住の現代作家を集めて《スミソニアン・インターナショナルギャラリー》において展覧会を企画し開催した経緯の持ち主だった。彼女が謙治を推薦する事になったが、本人自身の個展開催の望みを押し切っての決断であろうから、断腸の思いがあったに違いなかった。私自身が彼女の立場であれば痛い程その気持ちが察せられるのだ。

連絡が取れた時点で、当方スタッフが大全紙（五〇八×六一〇ミリ）の作品一〇点を持参し渡米した。さっそくスミソニアンの内外十五人の有識者による審議が行われた。その結果は「貴殿の個展開催を決定しました」であった。

インターナショナルギャラリーの館長からの書簡の内容には「森本謙治展」が承認されたのは、作品の芸術性は勿論の事、決定的になったのは貴殿の人間性であった。……との事であった。

「まだお会いしてもないのに何故人間性が解るのですか」と、礼状に合わせて尋ねたところ、その返事は「詩を読めば解る」とのことであった。当スタッフが持参した謙治の作品集の中に、詩が一〇編ほど挿入されていたのだ。英訳の表現が的確であった事に加えて《文は人なり》を実感した思いであった。

未来の子供達に

その後、公立の美術館での個展を二カ所こなした。いずれも美術評論家の安井収蔵氏の肝入りによる個展だった。氏は人格高潔な昔気質の武士の様な人物だった。とは言え、温厚で謙虚で親しみの持てる人柄だった。長い付き合をして頂く事になったが、出会うべくして出会った恩人の一人だった。

その一つは、山形県の市立美術館だった。到着したその日、展示会場を確認した後に学芸員のA氏から夕食に招待された。『まだ少し時間がありますから寄り道をしましょう』と言って車を走らせた。すると突然、目の前が開けて日本海が夕陽に染まって現れた。沈み行く夕陽を眺めながら、気を利かせてくれたA氏の優しさに『ありがとう』を伝えると謙治の目から涙がこぼれた。

誘われた店はお寿司屋さんだった。カウンターに腰掛けると同時に、寿司店の主人が『森本さんお疲れでしょう』と言いながら私の背後に回った。しばらくすると両方の肩の辺りが「ポォーッ」と温かくなった。『気功ですか?』と尋ねると『そうです』と返事が返ってきた。初めて経験する人間の生体エネルギーに感動した。高次のエネルギーである愛のこもった主人の握る寿司は格別だった。

美術館は大きく、謙治が展示をした企画画廊の他に、市民に開放された賃貸画廊があった。そこで開催されていた団体展の主催者の感想がネットに掲載されていて「東京から来た森本謙治というプロの作品展のお陰で、私達の展示会場まで多くの観客が流れて来て有り難かった」と言う内容の記事が掲載されていた。

次の会場の茨城県にある市立美術館では、子供達を対象にした企画が組まれていた。四十名の小学生を募り、陽が沈んだ後に懐中電灯を持たせ《海中探検》と称し各々が作品を照らし海中世界を浮かび上がらせていた。その後で明りを付けた。

また、別の企画では謙治が講師となりワークショップが開かれた。やはり定員が四十名だった。謙治は子供達を前に『これから作品を鑑賞して貰いますが、その後で絵を描いて貰います』『だけど、見た通りに描が無くてもいいんですよ』『魚やサンゴも自由に組み合わせて下さい』『色も自由です』と、さらに『下手でも上手くても良いからね』と付け加えた。その結果は、四十名の子供達全員が「のびのび」と自由な絵を描き上げロビーに飾られた。その子供達の柔軟さに感動した。世の大人達が固定概念で「ガチガチ」に縛られている中に在って、子供達の未来に光が見えた。

第十三章　海外進出

人生の設計図

スミソニアンから連絡が入ったのは、謙治が都内の某デパートで個展を開催している時だった。そのデパートには、建物の最上部から約二十メートルの長さの《垂れ幕》が下がっていて「森本謙治展・竜宮伝説」の文字がデザインされていた。

会場の入り口前には、プリント作品やポストカードが並べられていた。そこへデパートの担当者が謙治に『通路側の休憩用のイスに森本さんのプリント作品を沢山抱えた女性が居ますね』と言い『その作品をどうされたいのか確かめて来ますね』と疑いの目でその女性に近づいて行った。戻って来た彼は、彼女は『二十七点の作品全部に森本さんの直筆のサインが欲しい言ってました』と悪びれていた。彼女はサインを頼めるかどうかを思い悩んでいただけの事だったのである。

謙治が全ての作品にサインを入れ終えると『有難うございます』と流暢な日本語を話しながら名刺を差し出した。そこには、某有名私立大学の法学部教授の肩書きがあった。さらに彼女は『スミソニアン展での司会者は決まってますか？』と尋ねてきた。謙治のギャラリートークの内容の中にスミソニアン展の話が入っていたからだったが、既に決まっている事を告げると残念そうにしていた。

当時のアメリカ人は、いかに芸術の世界に携わる事が出来るか、あるいは芸術作品を所有することが出来るかがステータスであり成功者の証でもあったからなのである。その理由は、建国史の浅いアメリカがヨーロッパの芸術に一歩でも近づきたいと言う思いが強かったからである。つい最近までの話だが良い時代だったと思う。

謙治が「垂れ幕」を掲げられる様な作家になること以外に、某テレビ局の美術番組に登場することや、海外での大きな展覧会を開催することを目的にしていたが、それらは、量子力学における「引き寄せの法則」によって順に実現して行った。

「引き寄せの法則」を簡略に捉えると「波の状態の電子は観察することによって収縮し粒となる」という現象で、波の状態の中に目的を定めておくことにより現実化するということだった。ただし、目的を定めておかなければ実現は不可能で、たとえ目的を定めてあったとしても受け入れ側のチャンネルの周波数を高めておく必要があるのだ。

世代交代

ユーチューブにHello Goodbyeと言うチャンネル（２０１６～２０２２）があった。サブタイトルに《世の中には才能のある人と才能のない人がいるわけではない、自分の才能に気付いた人と気付かない人がいるだけである》とあった。けだし名言である。

そこには、スティーブ・ジョブズ、森本謙治、ニコラ・テスラ、上原浩治、真鍋大度と中江藤樹の順に六名がそれぞれ紹介されていた。ハロー　グッバイとは、今活躍している人、過去に活躍した人の意味である。そのことで、後に思いがけない現実に直面することになった。

デパートでの個展の後、取材（撮影）のため沖縄を訪れ那覇に立ち寄った。宿泊先のホテルに高山氏が現れ『明日ですが、午前中は私のラジオ番組に出ていただきます』『午後の三時からはテレビのインタビュー番組の収録がありま す』と、すでにスケジュールが組まれていた。高山氏のラジオの持ち番組は「FM21」と言うチャンネルでケラマの座間味村（島）の村長の仲村氏との出演だった。待合室での雑談後『そろそろ時間ですのでスタジオ入りしましょう』と打ち合わせは無く、一言だけ『森本さんには世界の海を潜った話をしていただきます』だけだった。それは、世界の海を潜ったが沖縄が一番だと言う意味で事実であった。放送中、謙治は村長に座間味の海の環境悪化を伝えケラマを国立公園にしましょう……などと話をした。その提言は後に実現することになった。

テレビのインタビュー番組の収録の際には、ディレクターから『森本さん、今日は六分でお願いします』と告げられた。多分、高山氏からテレビ慣れしているとでも伝えられたのかも知れないが、決してそんなことは無かった。

キャスターの女性からは『話の最後に次の予定を聞きますので教えて下さい』と言われたので『次の個展はスミソニアンですか‼』『それで行きましょう‼』と驚いた様子だった。リハーサルが終わると、すぐにディレクターが現れて『一分超過して七分になったので本番では一分縮めて下さい』と言われた。本番の収録が終わり、それをチェックしていると、テロップの略歴の森本の本の字が元になっていて、修正が利かないとのことで三度目の収録になった。さすがの謙治も心の中で『冗談じゃないよっ！』と叫んだ。人間、腹が立つと饒舌になるらしい。ディレクターが再度現れて『九分になってしまいましたが内容が一番良かったのでこのまま行きましょう』ということになった。

終了後、ホテルに帰りゴールデンタイム番組内での謙治の出番をチェックしていると、突然『訃報です、彫刻家の杉原氏が本日逝去されました』というニュースが飛び込んで来た。謙治は思わず『貴方のお陰で世界進出をすることになりました』『有難うございました』『安らかにお眠り下さい』とテレビに向かって手を合わせた。

初対面

スミソニアンへは、スタッフ二名に高山氏が同行した。空港にはオオキム夫妻が出迎えに来てくれていた。コメリアさんとは、礼状や巻頭言の依頼などの交流はあったもののお会いするのは初めてだったので感情が優先してハグをした。謙治は『有難う‼ ごめんね‼』を繰り返した。彫刻家同士の心が通った瞬間だった。ちなみに、パンフレットには本人以外の四人の方々に巻頭言を依頼したが、その中ではコメリアさんの文章が作家らしいリアルで生き生きとした優れたものだった。

空港から高速道路に出ると、その車線は上りが四車線と下りが四車線の合計八車線と広々とした空間が広がっていた。さすがアメリカだなと感じた。道路脇の芝生や木立も綺麗に整備されていた。首都であるワシントンＤＣの名に恥じない風景だった。高速道路を出た街並みも整備されていてゴミ一つ落ちていなかった。

丁度、お昼時だったのでレストランに立ち寄った。メニューに「クラブサンド」があり美味しそうだったので謙治はそれを注文した。出て来たのは縦横二十センチのパンを対角線状に切り、その中にカニのフレークがどっさり詰まったものだった。それにしても大きな食パンがあるものだと驚いた。アメリカは食べ物もデカかった。何とか一切れ分を食べ終えたところで、オオキム氏は『私は何時もサラダバーしか頼まないんですよ』と言った。そのサラダバーには野菜やソーセージやクロワッサンが並んでいた。謙治は心の中で『早く言ってよー』と叫んだ。

スミソニアンのミュージアムは全部で十七館あり、ホワイトハウスに向かって道路の両側に建ち並んでいた。世界に冠たる大規模美術館である。外国には博物館という名称は無く「サイエンスミュージアム」……と言うように、どう言う内容のミュージアムかの名称が掲げられていた。

謙治の個展会場は「スミソニアン・リプリーセンター」の「インターナショナルギャラリー」であった。その建物は元々は「スミソニアン城」として建てられたもので、現在は協会の本部の他にギャラリーや国際会議場やレクチャールーム等が置かれていた。当日は、さっそく挨拶にと本部を訪れることにした。

出迎えてくれたのは、アジア太平洋アメリカプログラムのディレクターであるフランクリン・オードー氏と、ギャラリー館長のエレン・ニクソン・ドーン女史だった。エレンさんとは、個展決定通知書時の、例の「森本謙治展の承認は作品の芸術性はもとより決定的になったのは森本の人間性だった」との書簡のやり取りの中で心が通じていたので、思わず『色々と有難う‼』と言ってハグをした。

日本人にはハグの習慣がないので、何時もは内心照れを感じていたが、人間、心が通じると自然にハグに至るものだと感じていた。

開　幕

スミソニアンにおいて《森本謙治展》Miracles Under the Waves の幕が切って落とされた。日本人初の個展であった。会場には、スミソニアン協会関係者の方々や各国大使やオオキム夫妻は勿論のこと沖縄県人会の方々やマスメディアの人々で溢れかえっていた。アメリカというと白人を中心とした国を連想するが、ヒスパニックにイタリアンやアジア人といった人種の方が多いくらいだった。

館長のエレン・ニクソン・ドーン女史の開催の挨拶の後、謙治が紹介された。謙治はルナ・マティーノと言うブランドの黒色のコスチュームを身に着けていた。モーニングコートの逆パターンのようなデザインで、前面下部が二面の三角形になっていた。胸部には同色の黒の刺繍が緻密に施され、同じく布製の飾りボタンが付いていた。襟はスタンドカラーで、白色の内襟がボタン留めがしてあった。後ろは腰の部分でカットされていて、斬新で重厚な出立ちには存在感があった。

謙治が挨拶を終え拍手が鳴り響く中を壇上から降りた際に、フランクリン・オードー氏が小声で『カッコイイナァー』と言って来て驚いた。氏は日系二世で日本の大学を出ていたが、いかにも人格の硬そうなイメージだったので尚更だった。レセプションでは、乾杯用のシャンパングラスを手にしたままマスメディアとの対応や、観客からの質問攻めと著書のサインなど休む暇も無く、パーティ用の食事も摂れなかった。

オーストラリアの大使という方が『どうして個展を開催が出来たのか?』『私は本国の作家を五年間推薦し続けたが駄目でした』と言われた。謙治は『アイム・ラッキー』としか答えようが無かった。

後に高山氏も同じ大使から同じ質問を受けていたそうだった。会場ではテレビカメラも回っていてさすがに疲れてしまった。パーティが終わったのが十一時近くになり五時間近い闘いだった。

後の館長のエレン女史からの礼状によると、観客動員数が五万人だとあった。礼状の主な内容は《謙治は私達を、驚きと感動と筆舌に尽くし難い美で満たされた作品世界へと誘い「生命」と「色彩」と「造形力」に溢れた海中世界へと引き込んで行きました。スミソニアンを訪れた方々と、このすばらしい芸術作品を共有出来たことに対し、私どもは幸福感でいっぱいになりました。展覧会場を訪れ体感された方々は、きっと感覚が目を覚まし、生まれ変わったことを実感されたことでしょう》とあった。

何よりも私が感動したのは、二日目の観客が少ない時間帯に、一人のアメリカ人の二十代位の女性が近づいて来て『貴方が作家ですか』と言って来た。『そうです』と答えた瞬間『うわーっ』と大声で泣き出されてしまった。謙治は、ただただ『サンキュウ』、繰り返すしかなかったが、彼女の豊かな感性が展覧会の成功の証になった。

探訪

スミソニアンに来たからには『是非訪れてみたい』と思ったミュージアムが二箇所あった。その一つが《アフリカンミュージアム》だった。自己の展示会場に足を運んでから入場口に差しかかると、受付係の身長が二メートルはあろうかと思われる、いつもの巨漢の黒人男性が「ニコヤカ」に迎えてくれた。

会場を一回りしてから入り口に戻ると、巨漢の受付氏が大きな体を丸めて遠慮がちに手にしたパンフレットを差し出し『サインを下さい』と言ってきた。体に似合わずシャイな男性だった。ついでにとアフリカンミュージアムの道順を尋ねると『私が案内します』と言ってくれた。

スミソニアンは全て地下道で繋がっていた。その迷路のような地下道の所々にガードマンが立っていて、彼らに巨漢氏はパンフレットのサインを自慢げに見せていた。そのしぐさが何とも愛らしく見えた。会場に着き目にした光景は、予想を遥かに超えた驚きと感動の世界だった。そこには《灼熱の太陽と大地と風が織りなす》プリミティブアート作品がひしめき合って並べられていた。さらに驚いたのは、ブラックやピカソやモディリアーニやジャコメッティ等々の近代芸術の原型がそこに在って愕然とした。横長の大きなガラス張りのショーケースに並べられた人体像は、それを絵画に直したらブラックそのものになると思った。大自然が生み出したアートの前に近代芸術が色褪せてしまった。

次に訪れたのは《アメリカインディアンミュージアム》だった。当初の名称のネイティブアメリカンミュージアムを拒否したのは、インデアンの子孫の人達だったという。そこには原住民としての誇りがあったと思われる。

会場に足を踏み入れた謙治は『アッ！』とか『ウッ！』とか言葉にならない声を上げた。そこにあった羽飾りを付けたインデアンの老人のブロンズ像が余りにも美しかったからである。老人をここまで美しく表現した作品を、今まで目にしたことがなかった。

更には尊敬するヘンリー・ムーアを凌ぐ「ボリューム」の人体の巨像があった。謙治の目から涙がこぼれた。いずれの作品も美大で基礎から学んだ形跡がうかがい知れた。なのに、何故か芸術思潮に登場していないのは「偏見」や「妬み」なのであろうか。

最終章　旅路の果てに

一通の招待状

二〇一二年、フランスの文化省から一通の招待状が届いた。その紙面の上部にはフランス国旗が描かれ、その下に自由・平等・友愛の文字が記されていて「貴殿をフランスに招待します　フランス文化省」……とあり極めて簡素なものだった。作品を送る手続きの際、フランスの税関から『保証金を八〇〇万円収めて下さい』『帰国後には全額お返しします』と連絡が入った。しばらくすると『保証金は不要です』と、再度連絡が入った。国家の招待であることと、スミソニアン展が人物保証になったのであろう。

個展開催は「国立ポルトドレ宮殿・美術館」だった。その宮殿は、日本の迎賓館のような施設で、館内に二カ所の美術展示場があった。その一カ所での個展開催だった。謙治は日仏文化交流推進時の最初の一人になった。

開催前日、宮殿に挨拶に出かけた。宮殿は大きく聳え立っていて古典的な装飾が施してあった。入り口のフェンスに七メートル位の《森本謙治展・Rêveries sous-marines》の横断幕が二点の作品を配して掲げられていた。実に壮観だった。中に入ると、エントランスが吹き抜けになっていて、高さが二十メートルはあろうかと思われる広々とした空間が圧感だった。人間が小さく見えた。展示場入り口にも作品入りの大きな案内パネルが設置されていて個展開催の臨場感が増して行った。

現れたのは、館長のミッシェル・イニェット博士だった。『フランスにお招きいただき光栄です』と挨拶すると『こちらこそ光栄です』と返され恐縮した。続けて博士は『森本氏の作品は科学と芸術の融合です』と言われ、さすがだなと感心した。開催初日には、文化省の高官や科学大臣に前文化大臣に加え、ミッテラン現文化大臣（当時）が訪れた。館長のイニェット博士が謙治を紹介する際は、必ず『彫刻家の森本謙治氏です』と伝えていた。ヨーロッパでの芸術家は彫刻家の地位が一番高いからだ。

フランスのメディアは《森本は、深淵なる海中世界を光輝なる芸術に昇華させた先駆者である》と評した。個展の入場者が多く、二カ月の開催期間が更に一カ月延長されることになった。その評判はインターネットを介して欧州全土に広がって行った。その結果、開催期間中にイタリアから次なるオファーが舞い込んで来ることになった。

謙虚な人々

オファーが来たのは、イタリア国立写真美術館だった。開催地は・フィレンツェの「サンタ・マリア・ノヴェッラ教会」のある広場に位置していた。フィレンツェは「ルネサンス」と言われる《芸術発祥の地》である。レオナルド・ダヴィンチやミケランジェロやラファイロを輩出したことで広く知られている。美術館の建物は地面から石段を数段上がったところにあった。その石段の中央部分がすり減って窪んでいた。ルネサンスの始まりが一四二〇年頃なので、約六百年の間人々が登り降りしていた歴史の痕跡だった。

階段を登った場所にも階段と同じ石が敷き詰められた空間が横に広がっていた。正面には高さが三メートル五十センチはあろうかと思われる木製の重厚な扉が取り付けられていた。歴史の古さを感じさせて「ものものしい」雰囲気が漂っていた。

開館と同時に扉が開かれ固定されると、そこにはガラス張りの入り口に自動扉が取り付けられていた。美術館内部も現代的に改装されていた。フィレンツェの街の全ての建物が文化財として保護されていてルネサンス時代の雰囲気がそのまま残されていた。

扉の横には縦が三メートル程の大きな作品入りの案内パネルが取り付けられていて一際人目を引いていた。展覧会のタイトルは《Kenji Morimoto SOGNI SOTT' ACQUA》であった。開催前日に美術館に挨拶に出かけた。館長の名をモニカ・マッフィオーリ女史と言い『森本謙治です。宜しくお願いします』と挨拶したら、『沢山ある美術館の中で当美術館で個展を開催して頂いて有難うございます』と謙虚な返事に驚かされた。

その日の午後は合同記者会見だった。モニカ女史の挨拶の後、謙治が紹介された。謙治は『ルネサンス発祥の地で個展が開催出来て光栄です。イタリアの皆さんともお会い出来て光栄です……』と挨拶を終えて『何か質問はありますか?』と聞いたが、質問者は誰一人居なかった。

日本ではつまらない質問が多いのに比べると意外だったが、イタリアでは子供の頃からの「芸術教育」が徹底しているとのことで、その理解度の違いを感じた。また、イタリアの印象が、ローマでの観光客相手の陽気な人達の印象や、ミラノなどの華やかなファッションのイメージが強かったので、相反した驚きでもあった。

センセーション

初日のレセプションは六時からだった。学芸員のステファニアさんは『百人の人達に招待状を出してありますが集まるのは五十人位でしょう』『定刻通りには揃わないと思いますから森本さんは少し遅れて来ても結構です』と言われた。

とは言え、遅れて行くのも気が落ち着かないので定刻通りに出かけた。すると美術館に向かって多くの人々がゾロゾロと吸い込まれて行くではないか。レセプションは入り口前の石畳みの上での野外パーティだったが、招待客以外の人々で埋め尽くされていた。展示会場も超満員であった。やっとの思いで会場の片隅で挨拶を開始することになった。

館長のモニカ女史が挨拶を始めると、通訳が謙治の耳元で『館長、緊張しているみたいですよ』と言った。謙治が『フィレンツェの皆様にお会い出来て大変嬉しく思います』『私は彫刻家であり、学生の頃、イタリアの彫刻家であるマリノ・マリーニやジャコモ・マンズー氏の影響を受けた一人でもあります……』

と挨拶を始めると、今度は通訳が緊張して口ごもったり話が途切れたりした。「人の振り見て我が振り直せ」で、おかしかった。

謙治には心に余裕があったのか、開き直っていたかで落ち着いていた。挨拶後、もみくちゃにされている謙治の様子を見た当方のスタッフが『後は私達がやりますから逃げて下さい‼』と言った。後で聞くことによると観客数は四百人超えだったそうだ。

個展の反応は、イタリアの三大全国紙の各一面を作品入りで飾り絶賛された。その他、トスカーナの芸術誌や、ダイビング専門誌や、美術館案内誌などにも大きく報じられた。新聞に目を通していた通訳氏は『フィレンツェに神が降りたと書かれてますよ‼』と興奮気味だった。その記事は、太陽を取り入れた作品に対する新鮮な驚きからだと思う。

トスカーナの芸術誌には《森本の芸術活動の美的感性と洗練された品格は切り離すことは出来ない。自然とその計り知れない価値、神が降りたかのような神々しい作品は貴重な要素である》と評された。やはり神というワードが入っていた。

スイスからのインタビューの最中に、入り口付近に居た中年女性が一礼して去って行った。その方は、三大紙の中の一紙の記者であるとのことだった。どこまでも謙虚だった。イタリア展はセンセーショナルな内に幕を閉じた。

オアシス

混沌とした国際社会が先の見えない砂漠であるとしたら「ユネスコ」はオアシスのような存在であった。謙治は時代の流れに翻弄されながらも、一筋の光を求めて辿り着いた目的地、そこが、オアシスとしての「ユネスコ」だったのである。

最終目的地をユネスコに定めていたのではなく、人々との出会いの流れによるものだった。ミッシェル・イニェット博士や、ユネスコの副統括官であるウラジマール・リャビニン氏が《森本謙治・ユネスコ展》を可能にした。

個展の開催が決定した時点で当方スタッフがフランスのユネスコ本部に飛んだ。さっそく担当者に『森本の作品は通常の写真ではなく芸術のカテゴリーでの仕事ですが、それでも良いんですか?』と尋ねたところ、『芸術でなくてはならないんです』『芸術でなくては真に訴える力がないからです』と返事がかえってきた。ユネスコとは「国際連合・教育・科学・文化機関」であり、世界百九十五カ国の加盟により運営されている。国際社会の闇を照らす明かりであり良心であり、正に「オアシス」であった。

職員数も二千人居て、中にはユネスコ大学や保育園が設置されていた。帰国したスタッフは、その足で文科省の日本ユネスコ委員会に挨拶に出かけた。応対に現れた方は『そうですか、日本人の名誉ですね』『どうぞ本部と直接やり取りをして下さい』と言い、更に『私達にお手伝い出来る事があればご遠慮なくおっしゃって下さい』とも言われたそうである。

二〇一五年、森本一行は再びパリを訪れた。パリは五月で小春日和のような清々しい空気が流れ一年で一番良い季節だった。到着早々、先ずはパリの日本大使館に挨拶に出かけた。そこには女性の特命全権大使の他に、ユネスコ日本政府代表部の公使や参事官の方々が出迎えてくれた。大使は挨拶後に『森本さんの様な作家は世界に居るんですか?』と尋ねられた。謙治はキッパリと『私だけです』と答えると『そうでしょうね』とうなずいておられた。更に『この度の個展は日本人の名誉ですね』と日本ユネスコ委員会と同様の感想を述べられた。その日のディナーには、日本政府によりフランス料理に招待されることになった。日本文化の一端を担うことへの労らいだったと思う。

愛しき地球

開催日の当日ユネスコを訪れた。入り口は長蛇の列だった。横長のカウンターには十五名程の受付係が、パスポートをチェックしていて、帰りに返却する事になっていた。ごった返しの人混みの中から一人の受付係が謙治を見つけると、「どうぞ」という仕ぐさをして、電動のラッチ扉が開かれた。謙治だけノーチェックだった。

会場に入ると、昨日の参事官氏が私を見つけると、挨拶もせずに小走りで去って行った。すると、やはり小走りで現れたのは、ユネスコのボコバ代表だった。参事官氏が森本が来たからと呼びに行ったのだった。日本とは大違いの現象に謙治は恐縮した。社会的地位が高い人程、芸術そのものに対する造詣が深い様である。

ボコバ氏との会談風景を、カメラマンが撮影しテレビカメラも回っていた。次には、副統括官のリャビニン氏も現れ、それなりの感動の言葉を述べられた。翌日は、各国の国王や政府の要人達が訪れ、ボコバ代表自身が案内し解説をしていた。その会場に謙治は不在だったので、スタッフが対応しその様子をカメラに納めていた。

個展会場には、一般客の他にユネスコ大学の学生や保育園の園児達も連だって現れ一様に驚いた様子だった。子供達の帽子にはＵＮＥＳＣＯのロゴが誇らしげに描かれていた。ユネスコの職員は総勢二千人で、各国から平均して十名の職員が働いていた。国を代表する人達で、教育と科学と文化に長けた人達ばかりだった。

個展開催中には世界美術館会議があり、日本からは国立美術館と東京博物館の館長が参加していた。さらには、ノーベル賞受賞者の講演や、世界海洋会議の学者達が集まり会議を開催していた。リャビニン氏との会話中に『海洋学の皆さんが、貴殿の美しい作品を観て学究に精を出し環境問題に真剣に取り組んでくれたら嬉しい』と語っていたことを思い出す。人生には大きな舵取りをしなくてはならない時がある。もし、ニューヨークの国連で個展を開催していたら、ユネスコ展は実現しなかったであろう。

ユネスコからは《森本の思想はユネスコと同じである》とか《地球が愛おし

くなる展覧会だった》と評価され、帰国後に届いたリャビニン氏からの礼状には《森本謙治展は今回の全ての催しを統括することになった》とあった。

パラレルワールド

　ユネスコ展を終えた謙治は一筋の光を求めた長い旅路に一応の区切りを付けた。青空のある景色が何時もより輝いていた。すると、人生の中で出会った人々が走馬灯の様に現れた。謙治にとっての天使達の他に、悪魔に取り憑かれた側近の人達もいた。砂漠の中の蜃気楼の様な社会にあって、お金の奴隷となり変質し人格を失った人達だ。

　しかし、謙治の思想を支えてくれたのは、悪魔に変身する以前の汚れのない人達だったのだ。その証拠に、絶えず夢に現れる彼らは何時も善人だったからだ。そのことに謙治は救われた。

　謙治の人生で出会った多くの天使達の中でも、高山朝光氏をはじめ沖縄と世界の架け橋を担った比嘉美津子女史、美術評論家の安井収蔵氏、電波メディアの波多野いづみ女史、沖縄の海との出会いと友人として過ごした川根康弘氏などなど数多くの人達に支えられた。謙治が疲れて家路に着くと、そこには我が家の天使である猫の《チャッピー》君が出迎えてくれ何時も癒してくれた。その天使の最期を、休みを返上して治療に当たってくれた動物病院の樽田侑獣医師も天使だった。

二〇二二年、三名の物理学者が「量子もつれ」の実験と理論によりノーベル賞を受賞して、量子力学が脚光を浴びる事になった。

それは二重スリット実験により証明されたもので、光や電子による実験だが、特に電子銃で電子を一個飛ばすと、スリットを通過した電子は二個に分かれて、双方がプラスとマイナスの電荷を帯びた重ね合わせの状態でスピンをした。その片方を観察するとプラスになり、同時に片方はマイナスになった。マイナスであれば、片方はプラスになった。

そのことを「量子もつれ」と言い、ある世界が分岐し平行して存在する別の世界があることを示した。物理学者のデイヴィット・ドイッチュの「パラレルワールド理論」が実を結んだのだ。それは、人類の新たな可能性を示唆することになったのである。

アインシュタインのE＝MC^2の方程式は、量子は常に一定で客観的であるとした。その理論に真っ向から対立したニールス・ボーアは、量子は常に波の状態にあり観察することにより収縮し粒となる……と、物質は観察により変化することを唱えた。その対立により量子力学は格段の進歩を遂げたのであった。

また、二重スリット実験は、量子は常に波の状態にあり観察することにより粒（現実）になるという「引き寄せの法則」をも示した。謙治が意識し求めた光が、前述の人々を介して順に引き寄せられ、人生の長い旅路の果てに「オアシス」が出現したのだ。

現在、世の中のデジタル化が進んでも、無機質・無感情なデータの積と確立から果たして真の芸術が演算できるだろうか。あるいは、人の心の琴線に触れるような感情に加え、作品の品性や品格や清潔感までをＡＩが演算出来ると は考えにくい。と思うと、人間の世界に芸術が存続することに於いて無限の可能性が浮かび上がって来るのだ。つまり、現在は未来であると思いたい。

何時しか謙治は、少年となって旧満州の原野に佇んでいた。地平線の彼方の「パラレルワールド」にも、人間である証としての「芸術」が存在する事を夢見て何時までも佇んでいた。何時までも何時までも佇んでいた。

あとがき

本書に記された《天使と悪魔》とは、一人の人間が世の中と対峙し、真っ直ぐに生き抜いた時に現れた《対極性》と言う事象のことである。

天使と悪魔を言い換えると、「善と悪」「陰と陽」「正と負」「美と醜」等が挙げられる。さらには、歴史の「表と裏」や、国際上の「光と闇」に加え、「戦争と平和」と言う巨大な対極性が付き纏っていた。

本書には登場していない悪魔に命を奪われそうになった時も、天使との均衡を保ってくれたのは《愛》の存在だったと思われる。その愛とは神とも言える。

聖書には神を《主》と表現されており、その主とは《創造主》のことである。では、宇宙を誕生させた創造主とは何であろうかと考えると《意識》という概念が浮かび上がって来る。つまり、物質の以前に意識が存在していたことになる。

私達は「幅」と「奥行き」と「高さ」の三次元空間に住んでいるが、四次元とは「時間を加えた四次元連続体」で、五次元とは、量子力学的にはゼロポイントフィールド（この宇宙を最初に造り出したエネルギー源）やパラレルワールド（並行宇宙）と言われる仮説で示され「意識」も宇宙意識としてその中に存在していると考えられる。

私達の地球が所属する天の川銀河の恒星の数は二千億個だが、人間の人体の細胞数が三十八兆個なので数の上では大宇宙だと言える。さらには、一個の細胞は百万個の原子で構成されている。

その総ての原子は常に振動していて宇宙と共振している。海中では、その波動が増幅してエネルギーを放っていたが、地上では感じにくい。しかし、人間には第六感と言われる「直感」や「霊感」等を受容する「松果体」と言う器官が脳内に局在している。松ボックリに似ていて「エンドウ豆」程の大きさである。

松果体は残念ながら余り機能しておらず、五次元宇宙と交信できる一部の人達もオカルト扱いされているのが現状である。私達の科学的知識は5パーセント位なので、その他は未学であることを認識しなくてはならない。スピリチュアルな世界も徐々に科学的証明がなされて行くと思われるからだ。極論だが、人類の未来がA・Iの発達により人間の機能を追い越しロボット化し、そのロボットに追従して生きることになるのか、あるいは、自然に畏敬の念を抱き「調和」を優先させて生きるかの二者択一の岐路に、私達は今立たされていると思われる。

対極性の中で手に負えないのが「戦争と平和」の戦争である。この辺りで人間の脳機能の誤算を謙虚に受け止めるべきだと思う。つまり前頭葉の「創造と意欲」座を平和目的のためのみ稼働させ、動物脳（辺縁皮質系）でのテリトリー意識を制御することである。人間の能力に限界があるとしたら、そこではA・Iに登場してもらい、脳機能と連動してコントロールさせるしか解決策がないのかも知れない。

もう一度、日本の伝統文化や美術や音楽に代表される芸術文化を見直し、自然と調和した心にゆとりのある世界を構築し、戦争の無い、覇権や利権が横行しない、人類が平和に共存出来る世界の実現を目指すべきだと思う。

かのゴーギャンの残した言葉である『我々は何処から来たのか』『我々は何者なのか』『我々は何処に行くのか』……を、真剣に考える時が来たようだ。

著者プロフィール

伊東 昭義 Akiyoshi ITO

美術家・美ら島 沖縄大使

日本大学芸術学部美術学科・彫刻専攻卒。

彫刻家としての傍ら海中の美の探究者となった伊東は『海中の美の発見』と呼ばれるようになった。やがて、深遠なる海中世界を芸術に昇華させ『美術写真』と言う新ジャンルを確立させた世界で唯一の作家となった。その芸術性は国際的に高い評価を得ている。

主な著書に『龍宮の海』(求龍堂)、『海には海の詩がある』(角川学芸出版・本書124頁の全文が美大の入試問題となった)『こころとからだを創る幼児体育』(NHK出版)、『公園の天使たち』(求龍堂)、『海・色彩と造形のきらめき』(求龍堂) など多数。
◎現在『伊東昭義作品展』がパリの日本大使館により政府主導で巡回展として実施されている。
HP：http//ito-art.jp

原野を走る天使と悪魔

2024年11月8日　初版発行

著　　者　伊東 昭義
発行・発売　株式会社三省堂書店／創英社
〒101-0051 東京都千代田区神田神保町 1-1
Tel：03-3291-2295　Fax：03-3292-7687
印刷／製本　日本印刷株式会社

ISBN978-4-87923-281-6　C0093